文春文庫

精選女性随筆集　白洲正子

小池真理子選

文藝春秋

目次

清潔な文人　小池真理子　9

第一章　知人・友人

一つの存在　16
ある日の梅原さん　21
『いまなぜ青山二郎なのか』より　39
小林秀雄　52
正宗白鳥　62
青山二郎　73

第二章　日常なるもの

銀座に生き銀座に死す　82
冬のおとずれ　104

老木の花 107
浮気について 110
幸福について 118
晩年の祖父 130
私の墓巡礼 135
死 149
ツキヨミの思想 158

第三章

お能

お能の見かた 164
能面の表情 186
お能を知ること 189
舞う心 193
お能の幽玄 199
面について 208

第四章

古びぬものたち

信玄のひょうたん 218
明恵上人のこと 222
無言の言葉 226
西行のゆくえ 229
坂のある風景 234
古寺を訪ねる心――はしがきにかえて 242
極楽いぶかしくは 253

解説 青柳恵介 259

略年譜 267

精選女性随筆集

白洲正子

昭和32（1957）年頃

白洲正子

（1910-1998）

清潔な文人

小池真理子

恥をしのんで正直に書く。

本随筆選集刊行にあたって選者の仕事を引き受け、第一回目の打ち合わせの席で白洲正子を担当すると決まった時、内心、慌てふためいた。表向きは涼しい顔をしていたつもりだし、なんとかなるだろう、と自分に言い聞かせてはいたものの、その実、動揺は烈《はげ》しかった。というのも、私は白洲正子の書いたものをまじめに読んだことが、ほとんどなかったからである。

むろん、白洲正子という人がどんな人であるのか、誰もが知っているような知識はかろうじて持ち合わせてはいた。名だたる名家の出身で、同じく名家出身の、舶来物のように異国のにおいをぷんぷんさせる美男と結婚。高い教養と美意識をもち、骨董、能、仏像、寺社仏閣、華道に茶道……日本の伝統美における本物の目利きとして名を馳せ、西を歩き、東を訪ね、さらに、古今東西の芸術家たちを魅了してきた文学、哲学、思想までつぶさに語って、男まさりの文章を書き連ねた才人であることくらいは知っていたつもりである。

だが、数冊「目を通した」程度では、この才人の真の魅力が伝わってこようはずもない。知識人、教養人は皆、白洲正子を読む、といった読書界の風潮にも抵抗と違和感を覚え、読むのを臆しているうちに時が流れ、年を重ねて、気がつけば、この才人の随筆選集を編まねばならない立場になっていたわけである。

　やがて、編集部から白洲正子の随筆集がごっそりと送られてきた。その数たるや膨大で、思わず呆然とさせられた。置き場所に困るほどの量である。果たして、これほど多くの作品をすべて読み通せるのかどうか。何より、私のように浅学非才な人間に白洲正子作品の選者が務まるのかどうか。ただ、ただ、途方に暮れた。だが、いったん引き受けた以上は読み尽くさねばならない。とにかく全部読む、と宣言したのである。無知と無教養はいまさらどうにも仕様がないのだから、愚痴をこぼしてなどいられない。四の五の言わず、とにかく読み進めていかねば、と私は腹を括《くく》った。

　そしておずおずと読み始めてまもなく、私の目から、文字通り、次から次へとうろこが落ちていった。そこには白洲正子を読みふけり、白洲正子の文章に続々とアンダーラインを引いて、夢中になっている自分がいたのである。

何より面白かったのは、白洲正子の作品集の巻末などで解説文を書いている識者たちが、一様に「畏れ多い」「よくわからない」「とても自分などには歯が立たない」「これまで自分が興味を抱いてこなかった世界をこれほど深く書いてしまえる女性は、なんだか恐ろしい」などと怖じ気づいていることであった。

そしてそう書きながらも、次に「読み進めるにしたがって、溺れていった。もう手放せない」となる。なんだ、私とまったく同じではないか、と可笑《おか》しかった。多くの人から「畏れ多い」として敬遠されがちだったというのに、ひとたびその魅力に気づいたとたん、読み手の心はわしづかみにされる。それが白洲正子である、ということを私も及ばずながら、今にして初めて知ることになった。

女性の肉体をもちながら、脳の中には男性がみなぎっていた人でもある。天性、「理」が勝っていたところもあって、男性的な印象も強いが、正子の場合はそれだけではない。そこに鋭い美的感覚、鋭い直感力がバランスよく備わっていた。

勉強して身につけただけの教養ではない、自分が生きていく中で自ずと蓄えられていった知識と感性が、白洲正子という名の文人を育てたのだろう。生まれ落ちた環境というものも無視できない。現代の富裕層、などというものが霞《かす》んで見えてしまうほどの由緒ある家柄。その中で、性における格差のない、豊かな教育を存分に受けながら、白洲正子は男性目線をきわめて自然な形で自分のものにした。

世界の共通認識としてある女性的なことがらは、正子の興味をひかなかったらしく、多くの女性作家が好んでものしてきた夫婦、結婚、恋愛、子育て、家事、といったテーマについてはほとんど書かれていない。正子を囲んでいたのは、青山二郎や河上徹太郎、小林秀雄、といったすぐれた男ばかりであり、才ある男、およびその周辺のテーマについて書かれたもののほうが圧倒的に多い。

宇野千代もまた、才ある男たちの中で生きた人だったが、宇野は彼らを前に女としての自分を楽しんだ。白洲正子はその対極にある。そこにエロスの匂いはない。あくまでもクールに彼らとつきあい、彼らの才を愛し、あたかも「男同士」のようにしてつきあった。

とはいえ、すぐれた人物からその才能を盗んで自分のものにした、という印象は不思議なほどない。その種の、自己尊重型の野心がまるで見えてこないところに、私は白洲正子の清潔さを感じる。たぶん、正子はただ、遊んだだけなのだ。すぐれた男たちを相手に、まるで同性同士のようになって知的遊戯を楽しみながら、いつのまにか高次の世界を自ら生み出してしまった人なのだ。

無教養を羞《は》じながら、「畏れ多い」とばかり思って読んでいると、突然、不意打ちをくらったような文章に突き当たる。あまりの深い本質的な感動に、呆然とさせられる。むさぼるように、また次を読みたくなる。それが白洲正子なのである。

読みながらいったい何カ所、太い鉛筆でアンダーラインを引いたことか。そのすべてをここに収録したかったのだが、ページ数の関係でかなり多くの作品を削《けず》らざるを得なかったのは残念だ。

だが、この一冊を読めば、私同様、無知を羞じ、敬遠していた読者も、白洲正子に溺れるはずである。そのように本選集を編んでみたつもりである。

第一章の、人物観察の妙味を心ゆくまで楽しんでほしい。第二章の、まことの目利きにしか奏でることのできない、極上の室内楽の美しさを堪能してほしい。第三章、第四章の、白洲正子の本領が発揮された一流の随筆に溺れてほしい。やがてこの一冊に飽き足らなくなり、もっともっと、と別の白洲正子、他の白洲正子の随筆を探し始める読者も数多く現れることだろう。

我が国は、繰り返される戦争で傷つき、膨大な喪失に喘《あえ》ぎ、苦しんできたが、そんな中でも、白洲正子のごとき並外れて自由な感覚、解放された思想をもつ優れた女性作家を生むことを忘れなかった。そう考えると、しみじみ嬉しく、また、励まされる。

単行本『精選女性随筆集　第七巻　白洲正子』
二〇一二年八月　文藝春秋刊（文庫化にあたり改題）

装画・本文カット
神坂雪佳・古谷紅麟 編『新美術海』、
神坂雪佳『蝶千種・海路』（芸艸堂）より
本文デザイン　大久保明子
DTP制作　ローヤル企画

第一章　知人・友人

一つの存在

今日も私は河上家へ遊びに行って、てれにてれて帰って来た。誰でもおそらくそうに違いない、それは徹兄《にい》のせいではなく、みんなこっちが悪いのだ。が、どうにも仕方がない。何故なら徹兄はいつもだまって坐ったまま、人が居る事なぞ忘れはてて、丹念にパイプのそうじみたいな事に熱中しているのだから。いきおい人はしゃべらずには居られなくなる。何とかその場をうめる為に、主客は転倒してお客は一切のおとりもちをせざるを得ない。いちいち耳だけは藉《か》していて下さるが、話は終ればそれっきり、だからすぐ次へうつらねばならない。どうせそう長つづきのするいい話ばかりある筈はないのだから、しまいには馬鹿な云わでもの事をしゃべってしまってうんざりする。助け舟なぞあればこそ、浮び上ろうとすればする程自ら窮地におちいるこの一人角力《ずもう》。相手はちっとも動かないのに、こっちは逆立ちでんぐり返し、いろんな芸当をやってみせる猿芝居といった様な結果となる。

それでも人は必ず何かしら得て帰る。それが何、という事は私には言われない。何かしら漠としたもの、それでいてはっきりしたもの。しかしそれもたいした事ではない。「解った……」と云って膝をたたく様な、そういう一時的のわかりではなくて、常住坐臥《じょうじゅうざが》念頭を離れずといった様な、いわば日常茶飯事的な永久性をもった物だ。それはねちねちねばり強い、たとえば河上徹太郎氏のあの文章に似た物である。何だかぼそぼそ始まる中《うち》に、ねったりこねったりするうちにいつの間にか軌道にのっている、人に解らせてしまう、ちょうどそれと同じ工合に、パイプのそうじに余念ない間に、いつしか人に押しつけているあるもの。それはあるいは河上徹太郎の人間と名づけ得る物かも知れない。

多摩川を渡った所に丘というにはあまりに高く、山と呼ぶには低すぎる、いわゆる都築《つづき》の丘陵と昔から言いならわされて居る万葉時代からうねうねつづく横山の、その一つを中にはさんで、河上さんと私たちの家がある。歩いて約二十分。秋の頃は美しかった。幾重にもたたむ丘の西に大山がある。富士が見える。澄んだ日には日本アルプスの白根らしいのが遠く白く低く光っている。家は一軒もない。ただ見渡すかぎりの紅葉の浪。それもつかの間の一夜の嵐に散りはてて、やがて荒涼とした冬が訪れた。

冬が来たらさぞかし寒かろう、とてもこう度々の山越えはおぼつかない、内心そう思っていたら案に相違。ちょうちょうとひびく斧の音にいやましにとぎすまされて行く山の景色は、あの豊かな黄と紅の美しさにまさるとも劣るものではない事を、河上家への道においていやでも知らないわけにはゆかなかった。

「僕は冬が一番きれいだと思う」

澄み切った、菱田春草《ひしだしゆんそう》の絵の様な、林の中にたたずんで徹兄は言う。決してあたりの景色なぞ眺めたりしないで、つまらなそうにそうつぶやく。それが又ひどくよく似合ってみえる。そうです。ほんとうにそうなんです。春の花も夏のはげしさも秋の紅葉もみんな徹兄の物じゃない。この単調な、この何もない、この長い白い冬。しかしよく見ればいかにもこまかい神経にふるえているあの林、この梢。つめたい風に吹きさらされて立つこの丘、あの高嶺。冬は決して淋しい季節ではない。徹兄も決して淡々とした人ではない。

徹兄の眼は物を眺めたりなぞしない目である。ただささえ奥にひっこんだその目は、いつでも内へ向っている様だ。そう云えばほんのちょっとした癖でも、その人をよく物語るものである。徹兄を知るかぎりの人は、彼が両方の指先を、数珠を持つかの如く、いつでも爪繰《つまぐ》っているのに気がつくだろう。たとえ火鉢にかざす時でも、よっぱらった時以外その指先が開かれる時はまずないと言っていい。その様に、名実ともあらゆる場合に徹兄は、他を対象に「説法の形」をとる事はしないのである。

そういう彼が古い古い家柄の一人っ子に生れた事も忘れてはならないだろう。いえ、むしろ一番大事な事かも知れない。人は誰でも自分で出来上った様な顔をしているけれど、環境という物にどれ程支配されたか解らないものである。問題はそれをどうこなすかという事にある。生活に支配されるか、又は生活を支配するか。そしてこのことは、いわゆる旧家とか大家とかいう背景がどれ程重荷になるものか、それは世のもろもろの甘やかされた一人っ子達を見れば解る事であるが、徹兄は負けなかった。と云って、一人っ子の垢をふるい落したというのではない。彼ほどその最たるものはない。いわばその弱点をそのまま徹底的につきつめて行き、ついには一人っ子中の一人っ子、たった一人の孤独な人、しこうして自由な人間に自らを育てあげたのではないだろうか。幸福な様で実は不幸なそのハンディキャップも、徹兄にとってはかけがえのない有難い物ではあった。其処《そこ》から逃れようとせず、家出もせず、当然行けた筈の外国へも行かず、黙々として広い家の暗い部屋の奥の方の隅っこに閉じこもって、たった一人で七転八倒して苦しんだ。すべてはあのモゾモゾした爪繰りの様なものだ。勿論これは私の想像にすぎない。が、おそらくよそ目にはこれ程おとなしく素直な子供はないとまで見えた事だろう。これは今でもそうだ。ちっとも変っていやしない。正に彼は一人っ子の象徴である。お煮しめである。徹兄はそんな、いわば逆説的な人間なのである。

その徹兄に、お酒があるとは何という祝福すべき事だろう。それは当然の成行きだったかも知れないが、もしなかったら、広い家の隅っこの方でだまって死んでしまったかも知れないのである。徹兄にとって酒は酒ではなく、血の様に欠くべからざる液体なのだ。時々崖からおっこちたり、財布をおとしたり、外套《がいとう》をなくしたりして、「今に命をおとす」としゃれた心配をする人もあるけれど、それよりも、むしろない時の場合を考える方がおそろしい。酒なき以前の徹兄は、私は知らないけれど、もしかするとほんとうに可哀相な人だったかも知れない。が、今は「可哀相な徹兄」なんてもの、考えただけで可笑《おか》しくなる。

可哀相だの気の毒だのあわれだのいう言葉は、いかなる場合にも徹兄にはぴったり来ない。思い出《い》ずれば三とせの昔、焼け出されてへとへとになって辿りついた時でも、又現在財産税をしこたま払った後の没落の姿にも、そんな形容詞はお世辞にも使えたものではない。へべれけに酔っぱらっても、勝手に一人で帰りやがれ、と言いたくなる。ようするに（いかんせん）徹兄は、立派なのだ。

徹兄にはお弟子が多い。去る者は追わず、来るものはどんな物でもまつわらせて、しかもまだまだ余地があるといった形だ。しかし「徹兄」と呼ぶくらいだから、私はよその人々の様に特に先生とおもって居るわけではない。そうかと云って友達でもない。何にも言ってくれはしないのだから、そうたよりにしているわけでもないのにやっぱり何だか、此処《ここ》にこう坐ってあっちの方を眺めていると、山の彼方に幸《さいわい》が住むどころじゃない、そんな夢ではないもっと確かなたのもしいかたまりを私は感じる。そうして何やら安心する。だからつまりは、あんなものが、何処かに居てくれればそれでいい、――結局のところ、徹兄については、ただそれだけでほかに何も言う事はないのである。

ある日の梅原さん

梅原さん*の仕事について、おたずねしたいことがあって、電話をした。いつもは奥様に出ていただくのに、うっかり「先生に」といってしまい、申しわけないことをしたと思ったが、既に先生は電話口に出ておられた。うかがいたいことがあるので、お目にかかりたいというと、来週ならいつでもいい、といわれた後、淡々とした口調で、このようにつけ加えられた。

「実はおばあさんが一昨日亡くなってね。面倒だから誰にも知らせないで失礼したが、来週なら落ち着くからぜひ来て下さい。ごはんをどこかで食べましょう」

私はしばし言葉もなく、しどろもどろにお悔みを述べ、知らぬこととはいえ、心ないことをしたと恥じ入った。奥様は実にいい方だった。殊に晩年は、真に幸福そうな、美しいおばあ様になられ、何をいってもにこにこ笑っていられた。その笑顔がちらついて、私は胸がつまったが、せめて御最期はお楽だったのでしょうねと、うかがうと、「まったく夢のようでした。当人もはたの者も、死ぬとは思わないうちに、夢のように逝ってしまった」と、先生は何度も「夢のように」とくり返された。

それから数日経て私は、梅原邸をおとずれた。身内だけのお葬式は済み、夫人の居間に祭壇がうつされ、小さな骨壺とお写真のまわりは、花で埋まっていた。写真はひと月ほど前に写されたものとかで、その晴れやかな微笑には死の影もない。確かに、仕合せな夫人は、「夢のように」この世を去られたに違いない。

先生は常と少しも変わりはなかった。むしろほっとして、「重荷をおろしたような気がする」といわれたのも、偽りではあるまい。梅原さんは、自分が先に死ぬことをいつも怖れていられた。長男の成四《なるし》さん亡き後、老いた夫人と、お孫さんたちのために、さまざまに心を砕いていられたことを私は知っている。中でも子供のように純真無垢な愛妻に先立つことは、不安でならなかったであろう。「重荷をおろした」のは確かだが、身軽になったことの寂しさをひしひしと感じている、私は先生の言葉をそのように聞いた。

その気持ちは、花で埋もれた祭壇の絵に、何よりもよく現われていた。お通夜が済んだ後、先生は一人で部屋に残り、二時間くらいで描きあげられたという。それは今まで見たどの作品とも違っていた。どう違うとはひと口にいえないが、梅原さんの華麗な赤は、しっとりしたあかね色におさえられ、全体が紫の雲のような感じにほのぼのと匂っている。三十号の大作だが、短時間で描きあげたとは信じられないほど緻密で、心のこもった絵であった。

右上の方には、成四さんの肖像画を描き、それと並んで、最近の奥様の写真と、骨壺が置かれ、周囲に花が咲き乱れている。先ほど拝んだ祭壇とまったく同じ構図だが、同じであるだけ絵に表現された時の相違が如実に現われていた。梅原さんは、美しいものしか描かない画家である。その作品にはいつも美しいものを見る喜びにあふれている。きっとこの時も、花で飾られた祭壇が、美しく見えたから描かれたに相違ないが、六十余年もつれそった愛妻の追憶と、訣別の悲しみがにじみ出ており、特に夭折《ようせつ》された成四さんと並んで描かれた構図は、見る人の胸を打つ。お通夜の晩に絵筆をとらざるを得なかった画家を、「凄まじい執念の鬼だ」と、同席の人は感嘆のあまりつぶやいたが、私はむしろ反対のことを想った。一種の安堵感と、深い悲しみが、不思議に入りまじったこの作品には、涅槃《ねはん》絵《え》のような静けさがある。ともすれば躍り上ろうとする筆を慎重に押え、あふれ出る感情を内に秘めて、紫の花の雲の中を昇天する魂に、鎮魂の歌をかなでる、それが梅原さんの無私な愛情でなくて何であろうか。そして、こういう風に弔われる夫人ほど、幸福な人はないと私は思った。

感慨にふけっている私の足元に、しきりに犬がじゃれつく。梅原家にはヨークシャー・テリアが四匹いて、いつも奥様のまわりでたわむれていた。「お前たちも淋しいのでしょう」と私が同情するのを聞いて、先生は笑われた。

「おばあさんは人に可愛がられることは好きだったが、ほかのものを可愛がることは知らなかった。だから、大したことはないのだ」と。

梅原さんは私を、お孫さんの新邸へ案内して下さった。道をへだてた向う側に建っていて、一時的に先生のアトリエになっている。「家にいると落ち着かないのでね」といわれるのも、さもあらんとお気の毒に思う。

先生は牡丹の花を描いていられた。牡丹といえば、最近私は吉井画廊で、目がさめるような傑作を見た。中国か朝鮮の唐草《からくさ》文様の紙に描いたもので、李朝の壺からこぼれんばかりに咲き出た牡丹が、画面一杯に強烈な香りを放っている。紙そのものが美しいので、わざと余白を残し、水彩かと見まがうほど大胆に、ひと筆で、真紅の大輪が描いてある。正に梅原さんの赤の世界、鮮血のしたたりのような色彩だ。ひまをかけて、綿密に描いた作品には、絵画としてこれより上のものはいくらもあろう。たとえば北京の紫禁城《しきんじょう》、イタリアの風景、富士山、浅間山の連作など。だが私は、梅原さんのいわば余技ともいうべき大《おお》津絵《つえ》とか、色紙のような小品も好きなのである。この牡丹の絵は油絵の大作だが、気分的には後者の方に属する。美しいものに出会った喜びを、寸時も早くとらえようとした息づかいが聞えて来て、繊細な花びらは、梅原さんの手の中でふるえ、透明な光の中でゆれ動く。

吉井さんの話では、これは大根島《だいこん》の牡丹とかで、血のしたたるような紅は、ガランス何とかといって、フランスでも中々手に入れにくい絵具だと聞いた。

大根島というのは、出雲《いずも》の東方にある孤島で、徳川時代に松平家が、大根を作ると称して、禁制の朝鮮人参を栽培していた。戦後、人参だけでは生計が立たなくなり、牡丹を植えたのが成功した。梅原さんは、毎週そこから切花を送らせているそうで、今描いていられる牡丹も、はるばる出雲から空輸されて来たという。これからしばらくの間は、「牡丹の時代」がつづくことだろう。

吉井画廊で見た作品のことをお話しすると、あれは二、三年前に描いたものだと先生はいわれた。ちょうどそのころ、先生は眼の病から快癒され、「色というものは、なんて美しいんだろう」と歓喜されたと聞いている。大根島の牡丹の絵には、そういう二重の喜びがあふれているように思う。それにしても、九十歳になんなんとして、いよいよ瑞々しい絵が描けるとは驚くべきことである。

先日テレビを見ていたら、落語家の円生が、こんなことをいっていた。芸人は年をとって、生ま生ましい色気を失った時、はじめて芸の上に、ほんとうの色気が出せるようになる。志ん生がそう、文楽もそうだったと。

だが、これは誰にでも通用するとは限るまい。若い時、名人上手ともてはやされた人が、年をとって、老いぼれてしまうこともあるのだし、ある人々は、若さにかじりついて、いたずらに精力を浪費する。生活と芸術の間に、密接なつながりがあるのは事実だが、その目に見えぬ糸をあやつることは誰にもできない。ただ神のみぞ知るである。梅原さんには、ルオーのようなキリストは存在しなかったであろうが、ひたすら自己の天分を信ずることによって、強引に、率直に、自分の道を歩きつづけた強靱な精神と肉体の持ち主だ。そしてその場合、肉体の方に比重がかかっていることは確かで、そういう意味では、日本人には珍しいギリシャ的な人物といえるかも知れない。生活と芸術、信仰と絵画は、先生の中で一つにとけ合っており、その間の相克と矛盾に悩んだことなど一度もなかったであろう。悩みといえば、絵が早く描けすぎること、手が自然に動いてしまうことで、東西を問わず、およそ近代の芸術家の中で、名実ともにこれほど健康な人間はいないと思う。

昼間だというのに、先生はウィスキイの瓶を半分以上あけてしまった。煙草もたてつづけに吸われるので、きものもテーブルも床の上も灰だらけである。お酒でも、食べものでも、おいしいとなると人の二倍は平らげる。そういう梅原さんを、世間の人々は超人とか怪物だとかいうが、半面、こまかいことによく気がつく繊細な心の持ち主でもある。奥様の場合だけでなく、成四さんを亡くした時も、先生は悲しい顔を見せなかった。家族に対しては、ほとんど動物的といっていいほどの愛情をかたむける人が、平静であったはずはない。平静のように見せかけたのは、まったく周囲の人々に同じ思いをさせないが為である。今度もつとめて元気をよそおい、お通夜の晩から休まず描きつづけていられるのは、悲しみをまぎらす為であることはいうまでもないが、また他人に心配をかけさせたくないからだろう。今日もモデルが来ているようだったが、最近は人間より花を描く方が好きになった。相手が人間だと、どうしても気を遣うから、といわれたのも、いかにも先生らしいと私は思った。お金に困っている友人に、それとなく自作の絵を与えるのも私は見ているし、先年、軽井沢ではこういうこともあった。

その時、私どもの家に、祇園のお茶屋のおかみさんが遊びにみえていた。「松八重」のとし子さんといい、お茶屋のおかみさんには珍しいうぶな女性である。私が紹介すると、先生は、「松八重? 松八重ならわたしの親類も同然だ」と、なつかしそうにいわれた。

梅原さんの母上は、先生が幼い時に亡くなられた。後添に入ったのが、とし子さんの叔母に当たる人で、先生を実子のように可愛がったので、「ほんとうのお母さんだと思っていた。今でもそう思っている」と、まるでとし子さんがその人であるかのように感謝されるので、彼女はほとほと泣かんばかりであった。当たり前といえば当たり前のことだが、梅原さんをほんとうに優しい方だと思ったのはその時のことである。

そういう優しさは、『ルノワルの追憶』の中にもっともよく現われている。梅原さん独持の、一風変わった文章であるが、ルノアールに会いたくて、とつおいつ思案した末、マントンからついに彼の住んでいるカーニュへ行く。ニースとカンヌの間にある港町である。

さて、着いてはみたものの、思い切って訪ねることはできない、「崇拝する人を突然に妨げる様な事は止《よ》そうかと私のチミジテはしばしば私語《ささや》いた」「私のチミジテはニースからカイニュに行く電車がのろくて道の遠い事を密かに喜んだが、云々」と、その後もチミジテという言葉はしばしば出て来る。日本語に直せば、内気とか臆病というのだろうが、この場合ははにかみと訳した方がふさわしい。梅原さんは超人かも知れないが、相手が何であれ、決して土足で踏みこむような野蛮人ではないのである。

それ以上に面白いのは、にも関わらず「より強きものは私のデジルであった。……私は彼（ルノワル）に見られるに値する、私は彼の芸術をあまりに愛する、彼はそれを知らねばならぬ」と豪語するところで、正に梅原さんの面目躍如といった感がする。それでも依然として「私のチミジテ」が失せたわけではなく、一時間ほど河岸をさまよった後、人にルノアールの家をたずねてみるが、誰も知っているものはいない。がっかりして、岩の上に腰をぬかしている時、「神様は遂に私に郵便夫を送った」――これは殆んど日本語とは呼べない。が、何とよく梅原さんの感情を現わしていることか。やがて郵便屋に導かれて、ルノアールの家にたどりつき、下手なフランス語で「日本からルノワル先生を見に来た」というと、女中さんが驚いて通してしまう。「私はこんな大ぎょうな事を言うのは好かないが此の場合仕方がなかった」という言葉にも、「私のチミジテ」と、それを乗り超えて行く情熱が感じられる。

今度私は、何べん目かにこの本を読んだが、はじめての時のようにわくわくした。一見とりつきにくい古風な翻訳調も、油絵具のようにねばねばして、先生の体質によく合っているように思った。梅原さんは、その当時（一九一〇年ごろ）と少しも変わってはいられない。

私が梅原先生を知ったのはいつごろであろうか。思い出そうとしても、初対面の印象が浮かんで来ないのは、よほど古いことに違いない。戦争中に、安井曾太郎《そうたろう》氏と鶴川の家へお招きしたことを覚えているが、お二人ともスケッチブックをかかえておられた。が、スケッチをしたのは安井さんだけで、それも一番つまらない、平凡な景色を描かれたので、いかにも謙虚な安井先生らしいと、後で私たちは噂した。梅原さんには雑木林の武蔵野の風景など、一べつにも値しなかったであろう。先にもいったように、梅原さんは美しいものしか描かない画家である。それもたとえば富士山とか浅間山とか、大根島の牡丹のような一級品で、雑木林では駄目なのである。その点安井さんとは正反対であった。湯河原のお宅で、安井先生は、ひと月以上もかかって鯛を描いていられたことがある。勿論鯛はくさりはて、悪臭をはなち、しまいには骨ばかりになった。それで一向さし支えのないことは、でき上がった絵を見てわかったが、もし梅原さんだったら、新しいうちに描いてしまうか、もしくは毎日新しい鯛を取りよせたに違いない。どちらがいいとか、面白いとかいいたいのではない、当時は梅原・安井と並び称された人物が、それぞれの個性を頑固に貫いているのがみごとだと思うのである。

梅原さんとつき合ったのは、主に軽井沢で、はじめは矢ヶ崎に別荘を借りていられたが、やがてその近くに地所を買われた。大ざっぱに見える先生が、綿密に工夫を凝らす方であると知ったのはそのころである。住居の方は簡単で、図面は既にでき上がっていたが、画室の位置が中々きまらない。先生は広い敷地の真中に櫓《やぐら》を組み、どこから浅間山が一番美しく見えるか、研究中であった。私にも登ってみろといわれ、高い櫓の上にあがったが、そこからは落葉松《からまつ》の林のかなたに、浅間の全貌がくまなく望めた。いつ行ってみても、先生は、櫓の上で浅間山とにらめっこで、両足をふんばり、両手をこまぬいて、天を仰いでいる姿は私に、「国見《くにみ》」という儀式を思い出させた。古代の豪族たちも、きっとこういう風にして自分の崇める神山に対したであろう。

そのころ先生は、寒くなるまで軽井沢に滞在し、工事の指図をされていた。翌年行った時には、別荘も完成し、画室は櫓が立っていたあたりの二階に造られた。私はそこで先生の仕事ぶりを見ることができたし、雑談をしてすごすこともあった。まだそのころは若くて、絵のことなど何も知らない私に、先生は真面目に意見を問われ、自分で描いたものは、自分にはわからないものだといわれた。あれほど自信の強い梅原さんにして、なおこの言葉があるのは、私にとっては不思議でもあり、ありがたいことに思われた。

画室からの眺めは、櫓の上から見た時よりはるかに美しかった。その風景は、もしかすると、逆に梅原さんの作品から得た印象で、私はまったく同じものを見ていたのかもわからない。私たちにはかくされているもの、——たとえば浅間の山霊といったものを、画家の眼はとらえる。「画を成すものは手でない眼だ、自然をよく御覧なさい」といったルノアールの言葉が胸に浮かぶ。櫓を建てていた時、既に梅原さんの制作ははじまっていたに違いない。庭も、絵の構図にしたがって造られていた。葦の生えた沼地は池となり、広い芝生の真中に、後ろの山から移したもみじの大木が、太陽を一杯にあびて、葉を繁らせている。浅間山の点景に出て来るあのもみじである。いい場所に移されて、秋はさぞきれいに紅葉するかと思うと、ところがそうではない。「山の中にあった時は、みごとに紅葉していたのに、広い所へ移したら、日光が強すぎて、紅葉するはしから灼けてちぢれてしまう。樹にとって、一本立ちというのはどうもよくないらしい。思うようには行かないものだ」と、先生は不機嫌であった。

昔、青山二郎さんは、梅原さんの絵を「因業屋のビフテキ」にたとえた。いんごう屋といっても、今の人たちには通じないだろうが、無愛想な親爺が、そば屋の二階みたいな所でビフテキを出し、お醤油をぶっかけて、ごはんと喰べるのが大衆の人気を呼んだ。大正の終りか昭和のはじめごろで、早く言えば完全に日本化した西洋料理である。明治以来、あらゆる分野で日本人は、西洋文化を身につけようとしたが、因業屋のビフテキほどにも成功した例は数えるほどしかない。模倣することはやさしい。外国語を喋ることもできよう。国際的というのが現代の合言葉らしいが、日本人であることを忘れて、どこの世界で通用するというのか。生活が洋風になっただけで、人間の心まで変えてしまうことはできないのである。

梅原さんの師匠はルノアールだったかも知れないが、似ているといえば似ているし、ぜんぜん似ていないといえば、そうも思える。先生の見たルノアールは、リューマチで変型した指に、細い筆を辛うじてはさみ、「一筆一筆モデルを見て薄い絵具の薄層を布の上に重ねて居る。私は最も強く豊かな色のアルモニーは最も弱い色の最も強いコントラストによって生れる事を発見した」——これは梅原さんの仕事ぶりとはちがう。たとえ手足は苦痛にゆがんでも、油絵の長い伝統を信じ、その中に安住して、自然との対話を楽しむ幸福な人間が目に浮かぶ。梅原さんにはそんな余裕はない。日本の油絵の伝統と歴史を、みずからの手で造り出してみせねばならぬ。時々チューブからカンヴァスに、じかに絵具をぶつけるようにして描くのも、そういうもどかしい気持ちの現われではなかろうか。見かけは磊落《らいらく》で、賑やかなことの好きな先生も、その心の奥では、孤独な仕事の重みに堪えていられるに違いない。

前に私は、絵を描く時何が一番むつかしいか、という愚問を発したことがある。先生はしばし考えた末、「立ち上るのがむつかしい」といわれた。先生の言葉を借りて言えば、先生の「強く豊かな色のアルモニーは」、薄い絵具の層の重なりから生まれるのではなくて、最初の強く単純な色彩のひと筆から、次のテーマが現われ、次第に絢爛《けんらん》な色の調和を造りあげて行く。ルノアールはモデルと丹念につき合ったが、梅原さんは作品の中で自問自答する。というより、色彩が画布の上で自由に語り合う。ルノアールの絵は少しも理論的とはいえないが、生まれは争えないもので、色を重ねて行くやり方は、やはりフランス人のものである。その「薄い絵具の葉層」は、無意識の伝統の厚みにたとえることもできよう。それに反して、何もないところから立ち上る梅原さんの色には、一種の「気合」とでもいいたいものが感じられ、その緊迫感が人をとらえて離さない。「天壇《てんだん》」をとりまく紺碧の空には、嵐をはらんだ雲が飛び交い、豹の眼を持つ女は、獲物におそいかかろうと息をひそめている。そのたびごとに私は、櫓の上で浅間とにらめっこをしていた先生を想うのだが、おそらくルノアールから相伝したのは、画法ではなくて「画を成すものは手でない眼だ」という、その一事につきると思う。はからずもルノアールのリューマチは、そのことを実証してみせるはめに至ったが、時に梅原さんがぶきっちょに見える絵を描くのも、持って生まれた器用さから逃れるために違いない。眼の訓練には、頭のよさも犠牲に供してはばからない。それというのも、頭がいいからできることなので、凡庸な画家ほど最新の知識や理論に頼るのは皮肉なことである。

心身ともに目玉と化した人間が、眼を患ったのだから、その苦しみはいかばかりであったろう。病院で手術をされた時、「誰にも会いたくない」といわれ、私はお見舞に行くのを遠慮した。その後もしばらく御無沙汰していたが、今でもどの程度恢復《かいふく》されたか、ほんとのところはわからない。が、はじめの方に書いた夫人の祭壇とか、大根島の牡丹のような作品に接すると、因業屋のビフテキの味はいよいよ深まったように思われる。これは私の感じにすぎないのであるが、今までは梅原さんの特徴でもあり、魅力の一つでもあった緊張の糸がほぐれ、暖かい血がゆったりと着実に、脈打っているような印象を受ける。元からそういう要素は先生の余技の絵や、書の中に見うけられたものだが、私の記憶では岩絵具か水彩で、大きな油絵には少ないように思う。

私は梅原さんのごく初期の作品を見たことがない。若い時のことを話して下さいと頼むと、話すより見た方が早いといって、二階へ連れて行って下さった。お孫さんの家の二階である。

広いホールのような部屋には、見事なペルシャ絨毯《じゅうたん》と、印度《インド》の毛氈《もうせん》が敷きつめられ、さながら梅原さんの絵の中にいる心地がする。テーブルの上には、同じく絵でおなじみの万《ばん》暦《れき》赤絵や宋の青磁が無造作に並んでいた。先生が陶器をお好きなことは前から知っていたが、こうして眺めてみると、まったく絵のモデルとしてしか見ていられないことに気がつく。美術品は正直なもので、いずれも世界で一流の陶器ではあるが、何か物足りないというか、それ自身で自足しないものがある。先生の絵に活かされて、はじめて一人前になる、魂がこもる、そんな顔をしている。が、もしかすると、それが陶器というものの本来の在りかたなのかも知れない。どんなに立派な蒐集《しゆうしゆう》でも、生活の中で活かされない道具など、死物も同然で、それにつけても梅原さんの生活全体が絵画にあることを、改めて知らされる思いがした。

周囲の壁には先生の旧作が並んでいた。「これは十五歳の時の作品」と指されたのは、水彩画で、京都近郊の田園風景である。これが梅原さんかと見紛うほど穏やかな、生真面目な作品で、先生にもこんな時代があったのかと思うと、嘘のような気がする。十六歳ではじめて油絵を描かれたが、浅井忠《ちゆう》氏の作品といわれても私は信じたであろう。人間は模倣にはじまり、模倣によって育つ。どんな天才でも、いや、天才なればこそすすんで模倣することを恐れない。色彩感覚は生まれつきの才能であるにしても、デッサンと絵画の根本を教えたのは、浅井忠でなかったか。

次にパリ留学時代の絵がつづく。一枚一枚が先生にとっては、ルノアールの憶い出につながる作品なのだろう。その中に女のモデルを描いた油絵があるが、一日梅原さんがアカデミー・ランソンで仕事をしている時、モリス・ドニがその絵を見て、だしぬけにこういった。

「カイニュにルノワルさんを尋ねた日本人は君だな」

と。ひと目でわかるものがあったに違いない。この話は『ルノワルの追憶』の中にも出て来るが、そういう記念すべき作品なのである。

しばらくは「ルノワル先生」の影響のもとに、梅原さんの半面である謙虚で、つつましやかな作品がつづくが、もうそのころには、完全に「油絵」になっており、或いはなりすぎているといっても、失礼には当たるまい。別に年代順に並べてあるわけではなく、父上の肖像画や古画の模写なども交っているのだが、いずれも未発表の作品で、物音ひとつしないこの一室には、先生の生涯の歴史と、秘められた思いが籠っているような感じがした。

梅原さんが、いつ、どこで、自分を発見したか。極めて個人的な、限られた蒐集の中から、そういう体験を感知することは不可能であった。が、一九一二年のイタリア旅行は、たしかに画期的な事件で、明るい太陽は先生の才能に火をつけ、情熱を燃え上らせたに違いない。ヴェスヴィアスは爆発した。「つつましやかな油絵」は姿を消し、血のしたたるような因業屋のビフテキが生まれる。同じころ、「ナルシス」もたびたび描かれたが、先生にとっては自然な成行きであったとしても、私には象徴的な意味合いを含んでいるように思われる。

梅原さんは生まれつき芝居が好きだった。パリに留学したのも、絵を習うかたわら、芝居を勉強する為で、一時は画家と役者と、どちらを選ぶか本気で考えたこともあるという。

グレコの絵に似た自画像（一九一一年）を見ても、ほれぼれするような美男だし、今でも俳優的な要素は多分に持ち合わせていられるから、役者になりたかったのは当然のこととといえよう。それほど好きだった芝居を、何故あきらめたのか（勿論絵の方に魅力があったことはいうまでもないが）、私は再び愚問を発してみた。

「わたしは芝居が未だに大好きだ。が、役者になると、大勢の人とつき合って、一緒に仕事をしなければならない。それが面倒で、一人でできるものをえらんだのだ」

と、答えは至極簡単であった。簡単ではあるが、この言葉の中には梅原さんのすべてがあるように思う。ギリシャ神話のナルシスは、水鏡《みずかがみ》にうつる自分の姿にみとれて溺死した。そして水仙の花に生まれ変わったが、日本のナルシスは、幸か不幸か、生まれついての健康児童であった。自分の姿をうつすのにも、手鏡（一九一六年のナルシス）か洗面器（一九一三年のナルシス）しか用いてはいず、したがって溺れる心配もなければ、生まれ変わる必要もない。確かに、自画像をふくむ「ナルシス」の連作には、梅原さんの闊達《かったつ》さは見られず、思い悩んだ表情が現われているが、それは飛躍するための屈身で、やがて別の世界に美を求めて立ち上る。逆にいえば、梅原さんは、世のありとあらゆる美しいものの中に、己《おの》が姿を投影したのであって、浅間も富士も牡丹の花も、女の裸体画さえ「ナルシス」の分身に他ならない。

その夜は、赤坂のある料亭で御馳走になり、古今東西の名優の話に華が咲いた。そして、功成り名とげた老画家が、未《いま》だに昔の夢を捨てきれずにいることを知って、私は面白かった。

「このごろはよく俳優になった夢を見る。こないだはナポレオンに扮して、いい気持ちで舞台へ出たところで、目がさめてがっかりした」

と残念そうにいわれたが、夢の中でも一流の人物に扮さなくては気が済まぬらしい。そのために芝居の世界は面倒なだけでなく、先生にとってはせますぎたであろう。再びいうが、梅原さんは一九一〇年以来、少しも変わってはいない。むしろ変わらなすぎることに私は驚いている。

＊二一ページ。洋画家・梅原龍三郎（一八八八―一九八六）のこと。（編集部注）

『いまなぜ青山二郎なのか』[*1]より

坂本睦子《むつこ》という女性がいた。

私たちの間では、「むうちゃん」と呼ばれていたが、大岡昇平作『花影《かえい》』のモデルといえば、一般には通りがいいと思う。『武蔵野夫人』にも、その俤《おもかげ》があるということだが、小説の出来不出来とは別に、むうちゃんを知るほどの人々は、みな不満に感じていた。モデルが現実の人間に似ている必要はないとはいうものの、魔性のものと呼びたくなるほどの魅力を備えていた女性が、そこではただの平凡な女にひきずりおろされ、人生に疲れはてて自殺する。これではむうちゃんも浮ばれまいと、誰しもそう思うのであった。

『花影』の中で大岡さんは、松崎という西洋美術史の先生に、むうちゃんは葉子という銀座のバァの女給になっており、青山さんには彼女のヒモのような立場が与えられている。昭和二、三十年代のバァの雰囲気とか、女給の男関係とか、そのあしらいかたなどは適確にとらえられているのだが、それでは単なる風俗小説の域を出ない。

大岡さんは、むうちゃんとはかなり長い間いっしょに暮していた筈で、私は彼女とは無二の親友であったから、三人で方々旅行もしていたが、彼がむうちゃんに見ていたのはこれだけか、と思うことは口惜しかった。もちろん外から見るのと、実際に暮すことの間には大きな違いがあり、日常生活の中では、生きることに疲れた年増女が、何かと手こずらせたこともあったに相違ないが、そこにだけ焦点を当てたのでは、むうちゃんをわざわざモデルにむかえた意味がない。

彼女のヒモの高島先生に至っては、青山さんに何か含むところがあって、小説の中で日頃の恨みつらみの仇《かた》きをとったように見え、不愉快なことおびただしい。人間には誰にでも欠点があり、特にジィちゃん[*2]のような天才には欠点の方が多かったかも知れないが、そんなものをほじくりだして何になろう。もし、ほじくりだすなら徹底的にやっつけて、殺してしまうのならわかるが、これもまたむうちゃんと同じように、ただの下らないヒモで終っているのが私には何とも歯がゆくてならないのだ。

それでも何ヵ所か成程とうなずけるところはあった。それはむうちゃんが子供の頃からみじめな生いたちをしていたために、「葉子が自分を虐め、自分を汚すことによろこびを見つけるようになった」ことには同感だったし、まったく仕事をしない高島先生について、「なぜ仕事しなくちゃいけないの。仕事だけで認められるなんて、つまらないわ。何もしないで尊敬されれば、なお立派じゃないの。高島先生は生きているだけで、いいのよ」という葉子の言葉も真実である。

『花影』には殆んど自然の風景描写は出て来ないが、葉子と二人で吉野山へ桜を見に行った時の文章は美しく、「花の下に立って見上げると、空の青が透いて見えるような薄い脆《もろ》い花弁である」は、そのまま彼女のすき通った容姿であり、「もし葉子が徒花《あだばな》なら、花そのものでないまでも、花影を踏めば満足だと、松崎はその空虚な坂道をながめながら考えた」といっているのも、『花影』という命題がそこから生れたことを語っている。

偶然私は、その旅行の直後に京都でむうちゃんに会ったが、彼女は珍しくはしゃいでおり、多くの見物人が赤い毛氈を敷きつめた桜の下で、酔っぱらっているのが面白かったとくり返し話してくれた。桜のころの吉野山は、柄の悪い酔っぱらいが多くて、気に入る筈はないのだが、大岡さんと旅をしたのがよほど嬉しかったのであろうと、哀れに感じたのを覚えている。

桜の花はもう一度彼女が死ぬ前にも現れる。

結局松崎は自分勝手な夢を見続けていた。教壇から彼自身あまり自信のないことを教える時も、家庭で妻と娘を愛するふりをする時も、彼には姿勢がなかった。自分が生きていないと感じる時、肉と生命に見放されたような葉子の姿が、かえって生き生きとして見えることがある。だから松崎は葉子をほかの男に見せたくなかった。

ただそれだけの理由で、彼は葉子を夜の街へ連れ出す。青山墓地の桜並木は満開で、葉子は口を開け、喉を反らして、幹から幹へよろけながら、「綺麗だなあ、綺麗だなあ」と繰り返し、「食べちゃいたい」ともいった。桜の木の下に死骸が埋っているという、詩人の幻想を「とっても綺麗」といったとも書いている。

だが、先の吉野山に比べると、この夜桜は作りものみたいで、葉子の言葉も空《うつろ》に聞える。小説のスタイル上ここで再び花を咲かすことはたしかに効果的ではあろうが、それが見えの感じがして、ちっとも実感が伝わっては来ない。死の直前に見た花は、常の花とは違って見える筈だのに、そういう感動を読者に与えることは古臭いとでも思っているのだろうか。

それから自殺に至るまでの行動は、小説家の才能に任せて、万事につけてそつがなく、極めて冷静に、優等生の如く葉子は死んで行く。

昭和三十三年四月十六日の『作家の日記』に、大岡さんは左のように記している。

旧友坂本睦子の自殺を知る。十四日中に薬を飲んだのだが、発見が二十四時間以後になるよう処置が取られてあったので、手当が出来なかったのである。

先頃「婦人朝日」で和田芳恵さんが書かれたように、拙作『武蔵野夫人』の主人公は、故人の俤を一番かりている。僕は自殺は罪悪だと書いたつもりだったが、それはまったく故人の知ったことではなかった。

故人の親友石田愛子も脳溢血で入院中で、再起の見込はない。若い二人がビヤホール・ミュンヘンのカウンターに並び、愛国行進曲がホールに鳴り響いていた頃は一つの時代だった。それから銀座も変り、二人は年をとった。一つの時代の終焉と人の噂も七十五日だろうが、親族へ宛てた遺書に、誰にも知らせないで、検屍が辛いと書いてあった。


その日の夕方、私は大岡さんから電話を貰った。圧《おさ》えつけたような声で、報告を受け、私は大久保にあるむうちゃんのアパートへ駆けつけた。何となく予期していたものがついに来たという感じであった。

むうちゃんは、桜の花のように、透き通った顔をして眠っていた。

お通夜には二十人ほど集っていたが、その中にはもちろん青山二郎と大岡昇平の顔もあり、誰からともなくさまざまの話を聞いた。鴨居の中には、石田愛子ちゃんのために集めた八千円の金が入っていたとか、葬式はしないでほしいとか、むうちゃんが客分として働いていた「ブンケ」のバァテンのまあちゃんは、先週店をしまっての帰りに、むうちゃんと夜桜を見に行き、青山墓地では「ここが一番きれいだわ」と気に入って、タクシーから降りて無言で長い間歩きまわっていたという。『花影』の夜桜は、たぶんその話をもとにして書いたので、まあちゃんがぽつりぽつりと語った無言のお花見の方が真に迫っていた。

夜が更けるとともにもう話すこともなくなって、火鉢にあたりながら、それぞれが自分の想いの中に深く沈んでいた時、突然、大岡さんが泣き出した。びっくりするような大声で、慟哭《どうこく》というにはあまりにも子供っぽく、ただ泣きに泣くのである。意地悪な昇平さんにそういう純真な一面があることを私たちは知っていたが、この時ばかりは慰めようがなく、いたずらに火鉢の灰を見つめるのみであった。

「帰ろう」とジィちゃんがいうので、和子夫人と三人で新宿で天ぷらを食べ、まだ終電に間に合うので、小田急のプラットホームまで送って下さった。

すると、そこに、文春の編集長の田川さんが待ち構えていた。むうちゃんのことを書いてくれ、というのである。実はむうちゃんには、『花影』の主人公よりはるかに複雑な事情があるので、私は「いやだ」と断った。が、彼は許してはくれない、押問答をしているうちに、頼みの綱の終電は出て行ってしまった。

ジィちゃんは、傍らで成行きを見ていたが、「お前さんが書かないと、むうちゃんは、週刊誌なんかで、あることないこと書かれるよ。あとになって、それは違う、むうちゃんはそんな人じゃない、っていったって遅いんだ。誰も耳を貸してはくれない。こういうことは、早いが勝ちだ」

仕方なく、私もその気になって、田川さんに麴町《こうじまち》の宿屋へ連れて行かれ、カンヅメになった。〆切までには二日しかなく、その夜から二晩徹夜をした。

まだ若かったから徹夜をすることは平気だったが、辛いことを書かねばならないので、私は脂汗を流した。翌日、陣中見舞に来たジィちゃんは、涙と汗にまみれた私を見て、「物を書くってことは、ほんとに不健康なことなんだネ」と、解り切ったようなことをいって同情してくれた。いつも自信をもって〆切なんか無視して筆を進めていた彼は、こんないやな思いをしたことはなかったに違いない。

その時書いたことを私はここに繰り返すつもりはない。

何がそんなに辛かったかといえば、私の知ってる先生たちがみなむうちゃんと関わりがあったからだ。今は大岡さんまで死んでしまったから、何を書いても構わないようなものの、死んだ人間にはよけい気を遣いたくなるのが私の性分である。読者は覚えていられるだろうか、「男同士の友情というものには、特に芸術家の場合は辛いものがあるように思う」と私が書いたのを。そして、中原中也の恋人（佐規子）を小林さんが奪ったのも、ほんとうは小林さんが中原さんを愛していたためで、お佐規さんは偶然そこに居合せただけだといったことを。

いや、そんなことは一々覚えていて下さらぬともよい、むうちゃんは、正にそのお佐規さんと同じ立場にいた女性であった。しかも、せまい「花園アパート」の一隅ではなく、広い文壇の中で、尊敬されている先生から、尊敬している弟子へと、いわば盥《たらい》廻しにされたのである。いずれも文壇では第一級の達人たちで、若い文士は先輩に惚れて、先輩の惚れた女を腕によりをかけて盗んだのである。その亜流たちは、先生たちを真似てむうちゃんに言いよった。そういう意味では、昭和文学史の裏面に生きた女といってもいい程で、坂本睦子をヌキにして、彼らの思想は語れないと私はひそかに思っている。

彼女は子供のころ、白っ子とからかわれたほど色が白く、美しかったという。『花影』では化粧に浮身をやつしたように書いてあるが、四十になっても白粉《おしろい》っけ一つなく、髪はいつもひっつめで、口紅もつけてはいなかった。美人というものは、人によってそれぞれ好みは違うと思うが、むうちゃんは、李朝の白磁のように物寂しく、静かで、楚々とした美女であった。若い頃の写真を見たことがあるが、私にいわせれば年をとってからの方がはるかに魅力があったように思う。

いわゆる立派な銀座のママさんというのではなくて、いつも隅の方でしんしんとお酒を飲んでるという風であったが、文士といわず、編集者にも、新聞記者にも、会社員にも、板前やバァテンや若い女給に至るまで人気があり、むうちゃんが死んだ時は、銀座のバァのあちらこちらでしめやかなお通夜がいとなまれたと聞いている。

昔の文春ビルは、現在の第一ホテルのあたりにあり、地下にレインボウという喫茶店があった。むうちゃんは、十六、七の頃、そこへ勤めに出て、その日にある著名な文士に処女を奪われたという。

そのショックのためか、あるいは生れつきのせいか、彼女は不感症であった。「男と寝ることなんか何でもないわ」と常々いっていたのは、そのためだけではなかったかも知れないが、彼女の一種放心的な表情も、投げやりな生活も、『花影』の葉子が「自分を汚すことによろこびを見つけるようになった」自虐的な性格も、ひいては自殺にまで追いこまれて行った原因も、すべてはそこにあると私は思っている。

『青山二郎文集』の中に、青山さんと宇野千代さんの往復書簡がのっている。その中に、ゆき子ちゃんという名前で彼女のことが出て来るが、このわずか半頁にも満たない文章の方が、『花影』の葉子より、むうちゃんという女をよく表わしていると思う。

あるときゆき子ちゃんは私の傍に寄って来て、ふいに、「あたし宇野さん好き、大好き、」と言いました。ふいのことで私が面喰らっていると、また続けて、「あたしこの爪剝がしちゃう、ね、剝がしちゃえって宇野さんが言えばあたしいますぐ剝がしちゃう、」と言って、自分で自分の両手をまさぐり乍《なが》ら、いまにもその爪を剥がしそうにするのです。……あなたもご存じだと思いますが、ああ言うときの酔っているあの人の眼は、ほら、小さな子供が、生れたときのあどけない顔でいて、いつ覚えたのか、（それは悪魔だけしか知らないことです。）大人に媚を送るときの、あの眼に似ています。私は自分が女だと言うことも忘れて、いますぐ駆け出してこの人を助けに行かなければこの人は亡びる、とでも言うような、ある差し迫った心持になったのを覚えています。

それに対する青山さんの返事は、さすがに人間をよく見ていると感嘆せざるを得ない。別に贔屓《ひいき》だから言うのではなく、今まで会った先生たちの中で、これ程平常心を失わずにむうちゃんを見極めていた人はいないと思う。

お説の通り、ゆき子はかなり面倒な魅力を持った女です。女と言うより、私の眼には人間としてのゆき子しか写りませんが、それでも人間としての魅力なら私にも分ります。それが女として極《ご》く自然であると同時に、別な意味で人間としての彼女の演技である点を注意しなければなりません。女としての極く自然な魅力と見える点に演技が技巧的に加担すると言う意味でなしに、人生は演技なりと言う言葉があるとすれば、

――自然の魅力と人智の演技は、例えば美貌と聡明とに分れて彼女にそなわったものです。私はゆき子の、宇野さんが言われる方の魅力に対しては何《ど》うもいささか無関心ですから、彼女の人生演技について御返事して見たいと思います。宇野さんに、女としてのゆき子はそのものずばりと言い当てられているのですから、私は他の半面を語ります。（傍点―白洲、以下同）

といい、彼女は自分に対しても、人に対しても、世間に対しても、およそ空想というものを持たなかった。「顔一杯を口にしてゲラゲラ笑う女です」――ジィちゃんはそういう所に不感症な女を見ていた。

人は彼女の演技を世の常の犬猫に等しい恋愛と混同しており、男は魂をささげ、精神をかたむけて、彼女を熱愛せずにいられなくなるが、ゆき子は、いやむうちゃんは、人を狂犬にさせる愛情の演技に、自分で縛られて行く女だったとジィちゃんはいう。

彼はその演技を『梅川・忠兵衛』の梅川にたとえたばかりでなく、梅川の役者が演じる「女形《おやま》の演技」を彼女の中に見た。「女が女形に変態して、男を狂犬にするから不感症だと私は判断するのです」――この言葉はちと不可解だと思うが、犬猫のような世の常の恋愛沙汰を超越して、女の媚態が一つの「芸」になっているところに、彼女の人生演技があるといったら、少しは解りやすくなるだろうか。

なお、ジィちゃんはつづけていう。

　彼女にしては支え切れない強暴な刻印が打たれているのです。それ以来長い間に自分が段々呪われて行って、虎の姿に変って行ったのを当人は気附いていません。彼女はいまでも自分は美人だと（人に）思わせられています。自分の頸《くび》に綱をつけた悲しい虎がその手綱をくわえて……本来の女性に立返りたがって彷徨《さまよ》う有様を、彼女の演技の底に見ることが出来ます。

　とは、何と悲惨な宿命ではあるまいか。いっそ虎に化けてしまって、男どもを片っぱしから食い殺せば死ななくても済んだものを、……彼女は耐えることしか知らない女であった。

『聊斎志異《りょうさいしい》』では、仙人が現れて、虎の呪詛から女を解放してくれるが、南画では、虎を猫のように手なずけた仙人が、虎にもたれて昼寝していると、ジィちゃんはつけ加えている。これは青山二郎の夢である。「俺は隠居したら、むう公を婆やにして、いっしょに住むんだ」と口癖のようにいっていたが、彼女を失ったので、仙人になり損なった。もしかすると一番悲しかったのはジィちゃんであったかも知れない。

　むうちゃんにとっても、それ程自分をほんとうに愛してくれた男性は、この世の中にはいなかったであろう。今にして思えば、二人の関係は恋人同士よりはるかに強い絆で結ばれていたのである。むうちゃんの愛人たちが嫉妬したのも無理はない。『花影』の中で、大岡さんは、高島先生に向って、日頃のうっぷんを晴らしたつもりだろうが、しょせん空へ向って唾を吐くような結果になったのは当然である。

むうちゃんは、年は私より少し下であったが、お姉さんだと思って付合って貰っていた。あれこれ憶い出すことは多いが、今になって憶い出を語ったとて何になろう。それより彼女のような人間がいたということ、彼女のような稀有な女性にめぐり会えたことを、私は生涯の幸福とせねばならない。彼女の生前にはわからなかった数々のことが、年をとった今日では、眼から鱗《うろこ》がはがれるように私には見えている。やっと見えたんだヨ、むうちゃん、ありがとう、というよりほかの言葉を私は持ち合せてはいない。

＊1　三九ページ。『いまなぜ青山二郎なのか』（一九九一年／新潮社）の第九章のみ収録。

＊2　四〇ページ。青山二郎の愛称。（編集部注）

小林秀雄

小林さんは外国から帰って、少時《しばらく》何も書かないと言われています。私達読者にとって淋しいことですが、先日ラジオの放送を聞いていましたら、何故とはっきり言えないのですが、その気持が大へんよく解るような気がしました。勿論それは気持なんてものではなく、解ったというのさえおかしなことです。それは大体次のようなことでした。印象派の絵について話されたのですが、いわゆる外光派について、物体には色も形もない、ただ光のたわむれによって実在するかのように見えるだけである——という所まで現代絵画というものは発達してしまった。そこまで淡々と物語って来て突然転調し、私は巴里《パリ》でモネの睡蓮の壁画を見た。モネの晩年に描いた絵で、人は何と見るか知らないが、私には実に淋しい、淋しい絵に見えた。そこにはただ静かな水が様々な物の影を映している。その何もない光だけの水面に睡蓮が浮んでいる。しかしその花には影でも光でもなく実体がある、あの、触れればやわらかな、淡い、桃色の睡蓮の花で、……私はそこにモネの晩年の悲しみを感じたのです。そういう意味のことを、プッンプッンとぎれがちに言われた、その話の中に小林さんの苦しみとか辛さというものがひしひしと感じられ、話の意味は通じない人にでも「肉声」に触れるだけで充分に受取れるものがありました。

勿論、文学者は「肉声」だけにたよるわけにはゆきません。が、「小林秀雄を識りたければ、彼の全集を読むより途《みち》はない。……併《しか》し、作家が三十年掛って生長して行く様に、同時代の読者も三十年掛って生長して行く、そういう読者層というものがある訳だ。文学の読者と言うより、もっと著者の為人《ひととなり》に友情を持って見守っている、或る関係者と言った方が気持がいい。……この種の読者層は教養に欠けているかも知れないが、生れ乍らのものが生れ乍らのものを嗅ぎ付けるのだから、難しい文章を手もなく感じ取る」（青山二郎「小林秀雄と三十年」）とあるように、小林さんには、いつもそのような文学的ではない読者というものがいる。むろん、ただのファンではなく、「難しい文章を手もなく感じ取る」人達のことで、彼等はいわば文章の中に「肉声」を聞いてしまうのです。何故そういう読者が多いのでしょうか。それは、中村光夫氏によれば、――「どんな傑作でも、ある眸《ひとみ》が発《あ》げる光に如《し》かぬ。もう少し遠慮して言えば、どんな傑作もそれを拵《こしら》えた人物に如かぬ」……これはいわば氏の美学の根本であり、この「批評家にとって、まことに危険な信条」から見れば、「作品のもつ独立的美」などは「私には無意味だ」ということになりますが、こうして一方では芸術作品など「人物の蛻《もぬけ》の殻か、時代の蛻の殻か知らないが、兎も角、殻の堆積」にすぎないと確信しながら、他方において、そこに自分の「蛻の殻」を加えるために、氏ほど刻苦した文学者はいないのです。——という小林さん自身の生れながらの資質にあるのだと思います。

実生活と芸術と、はなれつつも奇妙に交錯した、こんなはげしい作家を訪問するというのは、常の芸術家の場合とは趣を異にします。のみならず、少時筆を絶つといわれていることも、先きの睡蓮の話とおもい合わす時、並大抵の生活ではない。私は探訪記者ではないし、人の秘密を探る趣味も持合わせてはおりませんけれども、実生活と最も深い意味において切離すことのできない小林さんの思想が、日常の生活の上にどう現れているか。それは甚だ文学的ではない読者の一人として気にかかることです。

鎌倉のお家をおたずねすると、先生は庭先でゴルフの練習中でした。ネットをはって、すべて本格的です。道具も、初心者にもったいないほど上等ですが、お手並については、ときどきネットを外れてあらぬ方へ飛ぶこともあるそうです。小林さんは、仕事中でも友達が来ると止める人で、すぐ家の中へ入って来られましたが、少時は煙草をすぱすぱ空ばかり眺めています。

「こないだ、Hの奴とゴルフしてひどい目にあった。しゃべることとしゃべること。僕は前の晩飲んで宿酔《ふつかよい》だろ。そこへつけこみやがって、得意さ。あいつこの頃巧くなったもんだから、こんな時と思って人に教えるんだ。ああでもない、こうでもない、先生、もう少し腰を入れて、なんてうるさいの何のって。お蔭で当ってたのがそれ以来すっかりダメになってしまった。今《こん》ちゃんにまで負けどおしで、さんざんだよ。結局、Hなんて、あれだけの奴さ。ゴルフでも巧くなってりゃいいんだろう！」

噛んではき出すように言われたそのHさんというのは、腕ききの美術商です。押してもついてもビクともしない、一名「腹黒斎《ふっこくさい》」という仇名もあるがむろん愛称です。前日私は、彼からこの試合の模様を聞いて知っていました。それは小林さんの話とは正反対で、先生ごきげんでね、しゃべることしゃべること、あの人ゴルフしてれば一番たのしいんですね、——たしかそういうことでしたが。……私はゴルフなんかあきあきだが、そのうち、三人でしましょうかというと、一言のもとに断られてしまった。

「お前さんうまいんだろ。ヤだよ」

二、三日前、河上徹太郎さんの祝賀会がありました。菅原通済《つうさい》さんがにこにこ顔で小林さんの傍によって言われるには、ねえ小林さん、君この頃顔色わるいね。何故だか知ってる？　原稿書かないからですよ。第一僕の好い顔色をごらんなさい、毎日平均三十枚は書いてますからナ。原稿書くほど健康的なことありませんよ、ねえ白洲さん、あなたもそう思うでしょう、ときかれて返事に困った。あのあけっ放しの笑顔には抗しがたいので、そうですそうですとあいづち打ちつつ小林さんと顔見合わせた。傑作ね、あのおじいさんというと、ふと小林さんの顔から笑いが消えた。

「でもね、あれはほんとのことなんだよ。通済さんはいいことを言った。原稿書くのは健康なことだ、そうあるべきなのだ。近代は、そういうものを、失ってしまったのだよ」

お酒が出ました。小林さんはサービスがよくておちょこが空になるひまがないので、飲むのに忙しい。だまって飲んだり、ふかしたりしていましたが、だんだん廻って来たようです。私は昔、紅海で見た夕焼のことなぞぼんやり思いだしていました。小林さんも何か考えていられたのでしょう、ポツンと独言のようにこんなことを言う。

「白痴のムイシュキンってのはねえ、人は色んなこと言うけど、あんな自然な人間ていないよ。今殺されたって平気で死んで行くだろう、そういう奴だ」

「でも、……人工的でしょ」

「そりゃ、人工的に、ドストエフスキイがつくったものさ。だが、ムイシュキンてのは実に自然な人間です。そういう夢をドストエフスキイは実現したのだ」

奥さんは、見事なオパールの指輪をはめていられる。小林さんは前からこの石がお好きだった。素敵ねとほめると、「あの小林が大事にしてた三島（茶碗）ご存じでしょ、あれと取りかえてくれたんですよ」とうれしそう。小林さんは「つまらん」という顔をなさる。でもいつだって人間の表情より、物の方がたしかです。それは私の酔眼にも、たとえば深海魚のように真青な妖しい光にきらめいて見えるのでした。

「僕は宝石ってもの好きだねえ。日本人は何故宝石に興味を持たないんだろう、変なことだよ。お前さんなんか知っちゃいないだろうけど、せとものなんか止して買いたまえ。僕が見てやるからナ。宝石の、あの、カットってものが面白いんだ。硬い石を切るだろ、そうすると色んな面が出て来る。僕は親父がやってたので知っているのだが、……日本人が宝石をバカにするなんていけないことです。僕は外国に行って絵だの宝石だの見てくると、もういやだね、いやンなるね、色んなことが。過去はもう沢山だよ」

お酒が入ると小林さんの話は飛躍しますが、あえて関連をつけて解釈しようとは思いません。しようとしても出来ないことです。小林さんが「過去」といわれる時、ついて行けないので私はだまっております。宝石のことも絵のことも解りませんし、まして小林さんの過去なぞ、昔、中原中也、河上徹太郎、青山二郎なんて人達は、一体どんな附合をして来たのでしょう、話には聞いても私には想像もつかないのです。

先日、創元社で何かの話をされたら、女の社員さん達がみな感激して泣いたということです。どんな話をなさったのでしょうか。

「僕そんなこと覚えてやしないよ。きっと勝手に泣いたんだろ、今どきの女の子はみな神経質だからねえ。神経質になるのはよくないことです。だけどこの頃の女の子は男よりしっかりしてるよ。大体そうだね。だからお嫁に行かないで働きたがる。家の娘だってそうだよ、大学に行くより働きに出たいんだって。面白い風潮だね。そうして何で教育されるかといえば、学校でも小説でもない、映画ですよ。実に的確に見てる。ことにアメリカのがいいが、映画が今の若い人達に〈道徳〉を教えてるんだ。ちゃあんと、要求に答えてやってるんだね。アメリカ映画は健康ですよ。あんた、『ねらった男』っての見た？」

小林さんはしきりにリチャード・ウィドマークを褒める。といったら若い人にはピンと来るものもあるかも知れませんが、役者の名前はそれだけしか御存じないようだから当てにはなりません。

「こないだ光公、何を怒ったの？　僕酔っぱらってて解んないんだよ」

光公とは中村光夫氏のことであり、こないだとは、こないだ一緒にお能を見た。そのあとで小林さんはごきげんで、しきりに梅若六郎氏の完全無欠間違いなしの芸を褒めていられた、それに中村さんが文句をつけた。何でもない、先生は健康で明るい芸をただ褒めたのであり、光夫さんの方はみとめなかった、それだけのことです。

「何だ、そんなことだったの、光公が怒ったのは。だって、僕にはお能なんて解んないしね、関係ないもの、いいからいいと言っただけのことさ。しかし、（とちょっと間をおいて）……徳川家康は面白いことをいってるね。見えすいたお世辞でいいから、人に褒められるのは嬉しいって。家康って人は、よっぽどあきあきしてたのだねえ」

私が先日見た「メルバ」という映画に、意地悪な先生が出て来る。メルバがはるばる濠州から巴里へ出て来て歌の先生を探すが、師とするに足る人物はその人より他ない。が、この婆さんいばっていて弟子なぞとらない。女中に化けてもぐりこみ、あの手この手とスキにつけこんで、とうとう強引に弟子になってしまう。さてそれからが大変だ。毎日血の出るような訓練で、メルバはとっくの昔一流の歌い手になっているのに先生は中々卒業させてくれない。ある日外国のオペラが買いに来て、彼女は内緒で出てしまう。勿論大成功をおさめるが、先生はちゃんと嗅ぎつけていて皮肉をいう。だがもし不成功だったら破門したがね、――褒言葉としては、それだけである。面白かった話をすると、

「ああ、先生ってそんなもんだね。メニューーヒンにもそんな先生がいて、僕は巴里でその人の指揮でメニューーヒンが弾くのを聞いた。もう九十位になってるので立っていられない、ヨチヨチ出て来ると、向う向いて椅子に腰かけてしまった。それっきり、こっち向かない。何しろ珍しいことなんで、見物は大さわぎさ。アンコールの度に、メニューーヒンは一々何を弾きましょうと聞くと、バッハのコレコレと答える。また大変な拍手で、見物はこっち向かせようとするから、いつまでたっても止しやしない。メニューーヒン一人でおじぎばかりしてるが、あんまり悪いので耳打ちすると、じいさん、見物の方なんか振向きもせずに

ちょっと横向いて顎《あご》でしゃくった。ほんの少しこっち向くぐらい何でもないのにね。メニューヒンの演奏会だから、俺の知ったことじゃない、というわけさ」

「慈悲ってものは親切と違うよ。お釈迦様だってそうだろ。ちょっともお弟子なんかに教えてやしない。まあ、みんなそういうことしてやって来たのだね。一人一人、工夫して。することは、工夫しかないさ。勿論、頭で考えることじゃないよ、工夫ってことは、身につけるものだ。そんなものは教えようたって教えられないからね……」

その時K氏が見えたので話が切れました。K氏は有名な文士ですが、私は面識がありません。私を見て、変な所に変な奴がいるという顔をされましたが、小林さんは一向無関心で、私がお土産に持って来たウイスキイをぬいて先ずお客様につぐ。

「僕？　僕なら結構ですよ、一滴も飲めないんだから」そのくせK氏はグラスにちょっと口をつけて、「これは中々いけるぜ、君この酒なら大丈夫だ、飲んでみたまえ」と渡し、小林さんはだまってそれを受取りました。

「私の日常生活なんて平々凡々でね。私がやってるんじゃない。誰かにやらされているみたいなものだ」という座談会での小林さんの言葉を、その時ふと思いだしました。私とても「誰か」に違いはありません。しかし私は人の生活をそれが平凡であろうと非凡であろうと、批評したいとも説明しようとも思いません。訪問して、何か特別のものが解ったわけでもない。ただ小林さんが、(人がいうように)外国に行ってもちっとも変らなかったというだけで、そのことだけで、あとはゴルフをしようと筆を断とうとすべて水に映る雲みたいにしか思われないのです。

正宗白鳥

戦争前のことです。ある日軽井沢の町を歩いていると、職人がはくようなコール天のズボンに、よれよれの上着を着たおじいさんがいる。能面のような空漠とした表情で、道行く人を眺めているが、興味があるようにも見えるし、ぜんぜんないようにも見える。といって皮肉な態度でもない。……

「御存じないんですか、正宗先生ですよ」教えてくれたのはパン屋の主人です。ハハン、と思いましたが、何がハハンなんだかさっぱり解らない。正宗さんも志賀さんも、谷崎さんも永井さんもゴチャマゼだった私には、ただ有名な文学者とばかり、その名前から何の感動も受けませんでした。

戦争が終って、私はしばしばこの不思議な老大家に出会う機会がありました。ある時は銀座の街角で、劇場で、展覧会で、それはいつでも人込みの中に限られていました。噂話も聞きました、――汽車の中に原稿を置き忘れて、その足で出版社により、鉛筆を借りてすらすら一気に書流し、「はじめのよりよく出来たナ」、といわれたとか。いつも一字の書損じもなく、清書はおろか読返しもされぬとか。靴を左右反対にはくとか、リュックサックを逆様に背負うとか。

そしていつでも噂どおりの恰好で、ふと目の前に現われるのでした。展覧会などでは、一つの絵の前に長いこと佇《たたず》んでいられることもありましたが、熱心に鑑賞なさるわけでもない。現実の人にも物にも興味はなく、その向う側にある何物かに心をひかれるといったような、奇妙な放心状態にあるように見えました。それはおよそ目立たぬ存在であるとともに、またどんな遠くからでも見分けることが出来ました。ある日文春の喫茶室で、宇野千代さんに紹介して頂いたのは、たしか去年の春であったと記憶しています。

春と覚えているのは、お会いしたからといって話があるわけではありません、「これから軽井沢はよろしいでしょうね」といったら、「いつだっていいことなんかあるものか」と実に素っけなくいわれたからです。しかし先生は決して不愛想な人ではありませんでした。思った程気難しくもない。何より驚いたのは元気のいいことで、大きな声でテキパキ物をいわれるのが、一人でいられる時の表情を見馴れた私には意外でした。

その夏、私は十何年ぶりで軽井沢に行きました。ゴルフ場も復活し、ホテルも元に返って、昔にまさる賑やかさです。顔なじみだった人達は、十年の年月を皺に刻み、同じような恰好で、同じ噂話に持ちきり、ゴルフやテニスに打興じている、戦争があったなんて、ここでは嘘みたいに思われます。さすがに大きな別荘は表札をかえ、道行く人々の顔ぶれも変りましたが、本質的に変ったものは一つもない。依然として「架空の町」という感じです。わずかに没落をまぬかれたおじ様達の、それでもふつうから見れば贅沢な暮しも、本人にとっては雲泥の差であるらしく、「何もかも変ってしまった」という愚痴話にも飽き、ちっとも変らないおば様達のあまりの変らなさかげんにもうんざりした頃、私はむしょうに正宗先生にお目にかかりたくなって来ました。が、話がないのは今だって同じこと。せめて見たいと町中うろついても、中々ぶつかる幸運には恵まれません。奥様は毎日のようにお見掛けしました。むしろ先生より奥さんにお会いしたい、そう思って遠くから見ているのでしたが、いつもお友達と御一緒だったり、こっちが誰かにつかまったり、ぐずぐずしているうちに、夏も終りに近くなって行きます。奥さんは、お年のわりにハイカラで、レースの帽子なぞかぶって、人の好い西洋人のおばあさんみたいに見えるのでしたが、知ってる人は皆好い方だと褒めていました。それに反して先生の方は、有名なわりに誰も関心を持たないのか、この文士ばやりの世の中に何一つ様子が聞けないのでした。

霧の深い日でした。目的もなく散歩に出た私の足は、その方向と聞いている正宗さんのお家の方へいつの間にか向っていました。少時外へ出ないうちに、東京から来ていた店の多くはしまり、わびしい雑貨屋や薬屋が四、五軒、不景気な顔を並べています。避暑客もひきあげたのか、路上には荷作りに使った新聞紙や縄の切れっぱしがちらばって、夢から醒めたような風景です。町をぬけ、踏切りを越え、行けども行けども、自動車一つ通りません。町から下へくだるにしたがって、霧も濃くなって行くようでした。レインコートからは雫が落ち、方角もさだかには解りません。ただニューグランドの近くとばかり、聞きたいにも人影はなく、かすかに雲場の池らしいものが、白樺を通してちらつくだけです。やがて、子供のお供で二、三度来たことのあるベビーゴルフ場へつき当りました。猫も杓子もゴルフばやりの当節、ここも今年は繁昌したと聞きます。軽井沢へ遊びに来た人達の中には、ここで半日遊んだあげく、「週末にはちょっと軽井沢へ行ってゴルフして来たよ」という人もあるそうで、ふとその話を思いだしておかしくなります。お蔭で商売も未《ま》だあるのか、番人のおじさんがねむそうな顔で腰かけていました。ためしに、正宗さんのお家を聞いてみると、「あれですよ」と、すぐ目の前を指さします。ナンダ、ここなのか。それにしても何て変なお家だろう、——というのが先ずはじめての印象でした。

それははじめて先生を見たときの印象によく似ていました。一切の飾りを拒否して、白い石を積みあげた真四角な建築は、こちら側からは窓一つ見えず、住居というより、お庫《くら》か牢屋みたいに殺風景な建物です。お家を建てられたというのは、たぶん書庫か何かの間違いなんだろう。そうでも思わないかぎりとてもベルを押す気にはなれません。が、いくら探してもベルはなく、表札さえも見つかりません。おそるおそる声をかけてみますが、空しくドアにはね返るだけで、人も住んでいないのか、シンとして答えはない。いよいよお庫に違いない。と、今度はそこに接続した古い家の、くずれそうなお玄関に立って、再び呼んでみますが答えはない。二度三度、四へん目に奥の方で人の気配がし、物臭そうな音が聞えて、出て来られたのは奥さんかお女中と思いのほか、先生御自身、例のズボンにハダシのままの恰好で立っていらっしゃったのには恐縮しました。

「や、あんただったのか。じゃ、向うの家へ行きましょう」

おやすみ中をとか、いつぞやはとか、いうのに耳も藉《か》さず、さっさと「お庫」の方へ歩いて行かれる。さてはやっぱりお住居《すまい》だったのか。新しいお家が出来て、先生御自慢だと聞いていたが、一体こんな家を設計したのは、どこの建築家だろう。それとも御自分ではないだろうか。玄関を入るといきなりタタキの上から真直に階段がくっついている、――私は危くコツンコするところでした。お玄関のつき当りには洗面器がとりつけてあり、そのほかは真暗闇で何も見えません。仕方なしにつっ立っていると、先生はせっせと雨戸を開けて下さいます。もう結構ですからと、いくら断ってもお止しになることではありませせん。やがて、両側の窓は開け放され、私は、大きな石油ストーブの他何一つ置いてないガランとした一室に、自分自身を見出しました。お隣りは日本間でしたが、やはり座ぶとん一つ置いてない。折角お家が出来上ったというのに、住む気がお有りにならないのか、「いつ御引越ですか」たずねると、吐きだすようにいわれました。「永久に住まんかもしれん」

それにも関わらず、二階も見てくれといわれる、上にもやはり似たような部屋が、二つ並んで、最初の室にはとてつもなく大きいベッドが、つくってないベッドの荒々しさを見せて、骨ばかりの姿をさらけ出しています。次の部屋にはまた、これはこれはとばかり家中の椅子やテーブルが積みあげてある。家具屋から届いたばかりの恰好で、未だ紙もはがしてないのが、邪慳《じやけん》に置いて行った運送屋の節くれだった手つきさえ見えるようです。さすがに坐ることもしかねていると、当り前のことのように「どうぞ」といわれる。新聞紙の上に腰をおろすと、しめった足の先から冷え冷えしたものが次第にのぼってくるのを感じました。

二階からのぞむ外の景色も、景色なんてものではない、落葉松が四、五本、うらぶれたさまに立つだけです。何というさくばくとした眺めでしょう。吹きこんでくる霧に、私はしばし茫然となるようでした。何故お訪ねする気になったのか、自分にも解らないのですから、人に解る筈はありません。先生は、例の見たこととは反対の若々しい声で、吉田首相のこと麻生さんのこと、私の父に会ったことなぞ話して下さいます。が、とかく返事ははかばかしくは行きません。この夏には一度もお目にかかる機会がありませんでした。どうなさったのかうかがうと、もう年をとってしまって外に出るのもおっくうだ。目も悪くなったので本も読まん。毎日寝っころがって空想にふけっているが、自分の空想力なんて知れたものだ。という話からこと文学に及んだとたん、先生は急にギラギラとなって来ました。

（今しがた本は読まないといわれたばかりだのに）、この頃毎日藤村の作品を読み返しているが、どうも自分には一番面白い。人間はとかくの評判もあり、自分としても決して好きとはいえないが、あのしつっこさ、一度喰い下ったら離れないといったような執念深さには心をひかれる。「あんたは好きか」と聞かれるので、「つまりません」と答えると、「そうだろうナ、おそらくそれが正しいのだ。だから、わたしが面白いとゆうたからといって、あんたが読む必要はない。下らんことだ、お止しなさい」といわれました。

奥様は、とうかがうと、「どこか用達しに出掛けて」お留守だそうです。残念ですが、その日は、それでおいとまして、帰りに町の本屋により、藤村の本をしこたま買って戻りました。藤村は依然としてつまらなかったが、その中に正宗さんを読むことは興味がありました。まったく現実に対する執着がなく、淡々そのものに見える白鳥文学も、実は藤村以上にしつっこいある意味の生活力が生んだものではないでしょうか。フローベルは、自分を砂漠に住む人にたとえましたが、それは芸術のために生活を犠牲に供したのです。が、正宗さんにとっては、文学すら架空の存在でしかなく、住居と人間がそっくりであるように、生活と芸術の間に区別というものはない、ただこれ空《くう》の世界あるのみです。そんなことを今さら大発見のようにいうのはおかしなことですが、この世は仮りと悟って、そこであきらめて、手をひいてしまう人は沢山いる。が、空なら空でどれ程空なものか見つめてやれと、まるで馬鹿の一つ覚えみたいに一生そこに居据った人は古今を通じてあまり多くはおりますまい。そのねばり強さから「寂寞《せきばく》」が生れ「微光」がただよい、やがて「日本脱出」となり、「江島生島」の夢と化し、ついに翼を得て飛翔したのが白鳥文学といえるのではないでしょうか。自分でも書いていられるように、懐疑派なんてハイカラなものではない、正宗さんの否定は積極的です。野性的でさえあります。それは荒く、冷たく、人の勇気をそぐ力を持っていますが、そういう思想に堪えるためには、またどれ程強い力と勇気を必要とすることか。先生のゼロに近い生活ぶりを見て、一番感じたのはそのことでしたが、今考えてみると、わざわざお邪魔するにもおよばなかった。知る必要さえなかったことに思い当ります。しかし、それは今だからそんな風に思えるのかも知れません。

その次お目にかかったのは、今年の夏です。同じように霧の深い日でした。いくら何でももうお移りになったに違いない。そう思って新しいお家へ行きましたが、声をかけても返事はない。古い方へ廻り、二度三度、四へん目にまた先生が出ていらっしゃいました。「や、あんただったか。向うの家へ行きましょう」何もかも去年と同じです。しかし今度は雨戸もあけてあり、何もなかった部屋は至る所本でぎっしりつまっています。が、先生の身の廻りには、物がふえればふえる程反《かえ》って荒寥《こうりょう》と見えるくらいで、お隣りの日本間もわずか一年の間に住みあらされて、女の洋服が二つ三つぶらさがっている。「奥様は」とうかがうと、「どこか用達しに行って」今日もお留守だそうです。先生は、相変らずつぎはぎだらけのズボンで、メリケン粉の袋でつくったクッションにもたれていらっしゃいましたが、「今藤村の旅行記を読んどるが、実に淋しい、さくばくとしたものだネ」と色あせた本を私に見せて下さいます。初版なのでしょう。その重さから、手ずれのした表紙から、人生のいかに苦しくかつ長きかをおもいます。藤村は、先生にとって自分を映す鏡として、結局なくてはならぬ生涯の友だったのでしょう。

「小林（秀雄）君は、陶器なんかでも、好きにならなくては解らんといっているけれども、わたしは何一つほんとうに好きになったものはない。だから何も解ってはおらんのだろうナ。人生なんかいかにも解ったようなふりをしているが、いよいよ不可解になるばかりだ、死ぬまでおそらく悟れないだろう」。言文一致とは正にこのことでしょう。先生の話を聞いていれば作品を読む必要なく、作品があれば人間に会うことはない。正宗さんに関するかぎり、私生活はあってもないと同然であることに気がつきます。

先生は、文章で苦労されたことは一度もないそうです。自分から書きたいと思ったこともない。いつでも人にすすめられて書いているうち、沢山書くからしぜん文章も巧くなった。「まあわたしの文学なんてそんなものだナ。人がすすめなかったら、作家にもならなかったに違いない。だから、自分で書いたのではない、環境によってつくられたのだ。そういう点では実に運がよかった」といわれる先生は、そういう点でも、ほんとうの自然主義作家といえるのではないでしょうか。そして、もし自分にたった一つ書きたいことがあるとすれば、それは「恐怖」というものだ。「此の世に生れて来たことのおそろしさ」だといわれました。

この頃はみんな外国へ行く、そうして帰ってくると、外国はつまらん、日本がいいという人が多い。だが、どんなものかナ。どうせどこにいたってつまらんのだから、いっそスイスあたりで誰にも会わず、一人ぼっちで生活した方がいいかも知れん。——この話は最近出た「週刊朝日」にものっており、「『白鳥、スイスに死す』ってのはいいですね」と夢声《むせい》氏は洒落をとばしていますが、一向相手はのって来ない。同じ対談の中で、先生はよく汽車に乗った夢を見られる。どこにも「安住の地がないという気もちが、夢にあらわれるんだな」という言葉に対して夢声氏が、「あたしアかならずかけもちの夢をみましたね。……遅れはしないかという不安をたえず感じながら云々」といと朗らかに語っているのが面白かったが、この対談は非常に巧く行っているように見えてよく読めば最後まで白鳥は白鳥、夢声は夢声の平行線に終ることに気がつきます。が、それは夢声氏のせいだけではない、私の経験では、正宗先生はまるでつんぼみたいに、絶対人の話に耳を藉さない方だからです。

最後に先生はこんなことをおっしゃいました。「人間の歴史は、野獣がつくったものだネ」。秀吉も、信長も、ナポレオンも、よく考えてみると皆人間よりけだものに近い。現在だって同じことだ。新聞なんかでどんなに批評しようが、憤慨しようが、そんなこととお構いなしにどんどん歴史はつくられて行く。吉田（茂）を見よ、夏川（嘉久次）を見よ、彼等の前にわれわれは如何に力なき存在であるか。

青山二郎

戦争中、河上徹太郎さんが家に同居していられた。時々、伊東へ行くといっていそいそと出掛けて行く。伊東とは、青山さんの所であること、その青山さんは通称ジィちゃんと呼ばれ、とてつもなく面白い人物であるらしい、——無口な河上さんからようやく聞きだしたのはそれだけであった。

本人は喋らなくても、河上さんの周囲には青山さんのにおいが濃かった。これもジィちゃん、あれもジィちゃん、それは李朝の花瓶であったり、河井寛次郎の砂糖壺だったりした。その頃はじめて読んだ小林秀雄という評論家の装幀にも青山二郎とあり、一体何を専門とする人なのか、聞いてもはっきりした答えは得られない。ただ、語らぬ主人公の断片的な言葉から、「大人の付き合い」といったようなものが感じられ、漠然と、焼餅がやけた。

戦争が済み、誰の上にも一種の空白時代が訪れた。そうでなくても私は、毎日あぐらをかいてあくびばかりしてるような女だった。河上さんは、じっとしているのは甚だよろしくないといったが、さてどうしろとはいってくれない。人の領分に絶対踏みこまないのがこの先生の守る所で、それはまことに正しいことには違いないのだが、それにつけても伊東は気になり、連れてってよとせがむと、言語道断、という顔をされた。

ある日、音楽会の帰りだった。どやどや町に出てくると、夕闇の中に忽然と、白く透き通ったオデコが浮かんだ。その前に一、二度会ったか、写真でも見たことがあるらしい。

「あ、ジィちゃんよ。一緒に行かない？」遠くから声をかけると、徹さんがたしなめる。その時ジィちゃんは、恋人である若いお嬢さんと一緒だった。向うは、これから音楽会の夜の部を聞きに行く所で、こっちは銀座へ出るのである。悪かったかナ、そう思ったがもう遅い、ジィちゃんは間髪《かんはつ》を入れず、踵《きびす》をひるがえし、もう私達の中にとけこんでいた。

「弟子にしてやろう？」

その晩、そば屋の二階でいわれた。それがどういうことを意味するのか、何も知らない私は得意だった。隣りで徹さんが、ヤレヤレと大げさに胸撫でおろしているのが、自分のことは棚にあげて癪《しやく》にさわったのを覚えている。ジィちゃんは、壺中居《こちゆうきよ》で買って来た皮文庫の中から、金《きん》らん手の茶碗を取出し、ひと晩中その金の部分を丹念にはがしていた。そうして、味をよくするというのである。私だって嘉靖《かせい》の陶器の値段ぐらい知っていたし、あたりに飛交う外国語めいた会話とともに、見るもの聞くものすべて驚異であった。が、そんなことは驚くに当らないことを、やがてこの新しい先生から思い知らねばならなかった。

私は毎日通った。教室は、銀座裏の小さなバアの、そのまた二階の「蜘蛛の巣」と名づけるスタンドで、お酒が飲めない私は先ず葡萄酒から、そして先生もそれに付き合った。青山さんは『小林秀雄と三十年』の中で、「始め、私は小林の歩みと歩調を合せて、小林と全く同じ一年生になった気持で」陶器を買ったと書いてあるが、相手が人間でなくとも、犬でも猫でもそこまで降りて来られるのがこの先生の特技である。外国に、ドンキイ・レースというものがあって、驢馬《ろば》の背中に釣竿様のものをつけ、その先に餌をつけて目の前にたらす。ふだんは怠けものの動物も、餌につられて駆けだすという仕掛けだ。もはやあくびする暇はなかった。さしずめ陶器が教科書で、私は「発見」に熱中し、方々駆けずり回って獲物を持込むと、「何だ、これは僕が前に持ってたものじゃないか」といわれ、その度にがっかりした。「あれ、買おうと思うんだけど……」と相談すると、「思ったりしたり出来ない」ときめつけられた。褒められるかわりに韋駄天《いだてん》の渾名を貰い、発見なぞ何物でもない、発見したものを身につけることが難しいのだという。「そんなことヴァレリイがいってるヨ」というと、物覚えがよすぎると叱られた。

その頃ジィちゃんは五反田の、いわゆる女給アパートに住んでいた。贅沢な人と聞いていたのに、身の回りに陶器はおろか一物もなく、むしろそれを楽しんでいるという風だった。それだけでは足らず、借金で身を縛ることによって、またそこから起る面倒なことに堪えるのが自分自身に課したつとめであるように見えた。ある時、大磯の父の所へ行くので、早めに失礼しようとすると、許してくれない。こちらは少しでも早く行って喜ばしてやりたい、「あたし、親孝行なのよ」といったらまた叱られた。「バカ、そんなものを売りものにする奴があるか」

ジィちゃんの親切には、そういう非情なものがある。私があこがれた、大人の付き合いなるものも、想像した程美しいものでもサバサバしたものでもなかった。おとなしい河上さんが殴るのも見たし、小林さんは得意の毒舌で友達を泣かす。そういう光景は、大岡昇平さんが度々書いているが、それも見物が大勢いる前では芸術的に行われたが、見物人がいない場合は凄惨を極めた。殊に(青山さんがいない時の)小林さんの悪口には辟易《へきえき》した。が、その突き放した語調には、もうジィちゃんのことは悪口しかいうことはない、といったような絶望的な友情のみ聞え、言葉は消える。私を狂喜させたのも、この先生達の絢爛たる言葉の魅力に他ならなかったが、言葉の空しさを教えたのもまた同じ人達であった。

この頃は著名な文士達が書くので、青山学院の名も有名になったが、皆さん卒業してしまった今日、私はいわば個人教授の恩恵を受けたわけである。そのかわり月謝の方も個人教授なみだからやり切れない。陶器を買いはじめの頃、「今に全部飲んじまうよ」と予言されたが、そのとおりになった。胃潰瘍になると、「飲めなくても、お勘定だけは払わしてやるからついて来い」といわれた。被害者は生徒だけではなく、料亭のおかみさんとか寿司屋の職人とか、次から次と探しだすことに妙を得ていたが、最近はもっぱら歌舞伎座の裏にある鳥屋であるらしい。編集者氏が私に耳打ちして曰《いわ》く、そこへ原稿を催促に行ったら、青山さんに大変神妙な顔つきで原稿料の前借を頼まれた、今度はそういう情景を書いてくれという注文だったが、残念ながらそんな顔つきは、私に関するかぎり、まだ一度もされたためしがない。

「色白の、愛嬌のある顔をそのまま端正に磨きあげて、眼の光だけは鋭く、純真率直故《ゆえ》に、人の嘘や気取りは誤りなく見抜く、といった風、およそ粋だとか通だとかいったこととは反対の、傍若無人の天才であった」と河上さんは三十年前のジィちゃんを描いているが、カラリとした風貌は今も変りはない。何もかも吐きつくして、後に残ったものだけが「人間」だ。そういう単純な形をとらえて、実地に生きて確めた人は、もはや何物にも動じない。近頃では、いつ死んでもいいといっていられるが、この上勝手に死なれたのでは、迷惑する人が多いことだろう。

「砂漠は生きている」の映画の中で、亀の子の背中に乗って旅行する栗鼠《りす》がいた。自分で駆けた方が早いのに、……ジィちゃんも決してあせらない。待つ人であり、堪える人であり、骨の髄までしゃぶりつくす。しゃぶられてることも知らないで、傍観者だなぞという。時には、よく相手の駄弁を長時間にわたって聞いてるナと思うと、そんな時ほどゆり返しが物凄い。そういう場面に接すると、この息の長さでは九十まで生きて、喋りだした時のことが思いやられる。中原中也は、「ホラホラ、これが僕の骨だ」と叫んだが、青山二郎は極くふつうの調子で、「ホラホラ、これがお前さんの骨だよ」とゆっくり取出してみせるに違いない。死んでた所でダメである。ゆさぶり起してでも見せつけるであろう。——「神妙な顔つき」を描くより、そうした場面を想像する方が、はるかにこの先生にはふさわしい。

先日、壺中居の広田熙《ひろし》さんの新築祝いに、小林・青山両先生と招ばれた。赤坂の高台からの眺めはよく、主人のサーヴィスも至れりつくせりで、皆好い気持に酔っぱらい、型どおりに小林さんのいきりたつ場面もあったりして、大成功のうちに散会した。その時、どういう間違いからか、お二人の上着が入れ替わってしまった。翌日、壺中居へ行くと、番頭さんが心配そうな顔で、今朝ほど小林さんの奥さんがおみえになりまして、先生が昨晩青山さんの洋服を着てお帰りになったそうですが、青山さんがお持ち帰りになった方のポケットに、原稿料が入っていて、それがぜひ必要だと仰しゃるのです。奥さんは、青山さんのことだからまさか間違いはあるまいといわれますが、それはもう先生方のことですから、大丈夫にきまっておりますけれども、先程からいくらお探ししても、青山先生の居所がわからないので困りますと、ひどく不安げな様子である。では私が探してあげよう、だがお金の方は受け合えないと言い置いて、心当りの場所へ電話すると、果していた。上着もあった。が、ジィちゃんはまだおやすみ中とかで、恋人さんが届けてくれるという。来るより早くポケットをさぐると、案の定、金弐万円也と書いた封筒がペチャンコになって出て来た。彼女に聞くと、ゆうべジィちゃんは大機嫌で、みんなにお金をふりまいた。床の上に坐って、洋服をぬごうとして、ポケットへ手をつっこんだ時の嬉しそうな顔ったら、とほんとに嬉しそうな顔をした。正に旱天《かんてん》の慈雨だったに違いない。早速、鎌倉へ報告すると、小林さんは電話口でカラカラと笑った。

ジィちゃんはジィちゃんで、「まさか青山さんだから間違いはあるまい、云々」の話を聞き、俺はまだ信用がないなあ、とがっかりした。その日家へ帰ってみたら、留守の間に、小林先生の大事な上着の行方について、問い合せの電話が方々から掛かっていた。次の週には、二万円は四万円になり八万円になり、最後に聞いた話では二十万円にはね上がっている。ジィちゃんの信用たるや絶大である。御心配無用というべきであろう。

第二章　日常なるもの

銀座に生き銀座に死す

むうちゃんが死んだ。

寝床の中で、両足をしばり、湯たんぽを入れて、死んでいた。

枕元には、遺書があり、検死はなるべく簡単にして貰うこと、誰にも知らせず、葬式もあっさりと、無縁仏にでもしてほしい、そういった意味のことが記してある。もう何もかも面倒くさいという風で、がま口には、二十円残っていた。

一人のバアの女が、世をはかなんで自殺した。いかにもありふれた事件である。かわいそうに。そうして今夜もすぎ、明日は忘れてしまうだろう。ことに春さきは、日に何十件もある事件とあっては、取りあげる新聞もなかった。

すべては、本人の望みどおり過ぎ行くかと見えた。それは私達のねがいでもあった。が、坂本睦子《むつこ》の場合、物事はそう簡単に運ばないことを、やがて知らされるに至った。

お通夜の晩、そこにいたのは二十人足らずだが、――またそれだけで一人住みのアパートは階段まではみ出してしまったが、銀座の方々のバアでは、想い想いの、しめやかなお通夜がいとなまれていた。それらの人々は、或いは会社員だったり、美術商だったり、文士だったりした。謹厳実直な銀行員が、ジャーナリストをつかまえて、

「僕の話し相手はむうちゃんだけだったのに」

とかきくどいているかと思えば、まだ出たての女の子が、お客をほったらかして、

「あたしを置いてきぼりにしちゃった」

と嘆いている。

みな自分だけが愛されたと思ってるらしい。それは正岡子規の涅槃《ねはん》をよんだ歌、――上《かみ》の句は忘れてしまったが、死んだ仏様をかこんで、「象蛇どもの泣き居るところ」というあの場面を思い出させる異様な風景であった。

夜の銀座が、主客ともども一つの悲しみにぬりつぶされるのは未《いま》だかつてないことだ。お互いに似ても似つかぬ人種が集まって、それぞれの想いにひたり、ひたり切っていられることは、それは殆ど幸福にさえ見えた。一生のうち何度私達はこういう光景に出会えることだろう。

むうちゃんの部屋での集まりも、ほぼ似たような風景だった。めったとこういう席でお目にかかれない小林秀雄、青山二郎、大岡昇平などの顔が見えた。自殺という陰惨な死因にもかかわらず、暗い影はなく、涙をこぼすことさえはばかられた。何かといえば泣くん

で有名な酒場のマダムも、静かにしていたし、ブンケのバアテンさんは、――ブンケというのはむうちゃんが客分として働いていたバアだが、先週は店をしまっての帰りに、むうちゃんと夜桜を見物して歩き、青山墓地の真ん中では、「ここが一番きれいだわ」といって、わざわざ車から降りてたのしそうに眺めたことなどを語った。

正確にいえば、息をひきとったのは四月十五日の明け方で、発見されたのは翌十六日の朝だったが、その前夜にはお風呂に行き、ふだんはあまり口をきいたことがない大家さんと立ち話をし、夜に入って睡眠剤を飲み、例の湯たんぽまで入れて死の床入りをしたわけだが、その直前の行動については今となっては知る由《よし》もない。

ただ、その日はしきりに出たり入ったり、忙しそうにしていたのが、いつもはひっそり暮らしていた人だけにおかしい、それも後になって考えれば、――と隣人は語ったが、お風呂からの戻りに、アパートの入り口でぱったり出会った時、むうちゃんは、何もいわずにニッコリ笑ったという。

それを最後に、永遠に消え失せてしまったが、彼女は前にも何度か自殺をはかったことがあり、その点では練習の積んだ玄人《くろうと》であった。今度のことでも、よほど以前から準備したらしく、来週からもうブンケには出ないといったそうだし、まだ寒い頃にも、そういえば、春には止《よ》すといっていた。荷物も片付けてあるし、手紙の始末もしてあった。どこを見ても、取り乱した跡は一つもない。

彼女は桜の花が好きだったが、その散る頃に死にたかったのだろう。先日、桜の下で写真をとる時も「桜の精みたいにうつしてね」といったそうである。ゆっくりお花見までして死んだその落ち着きぶりには、何か容易ならぬものが感じられる。

だが、そんなことはいくら並べたてみても仕方ない。それより、無名の一女性のために、かくも大勢の人達が悲しみをわかち合い、それが少しもいやな印象を残さず、一つの美しい像《すがた》に結晶されている、その稀有な事実に驚くべきであろう。華やかなバアのマダム列伝の中には、決して加わることのない女性だったが、わずか四、五回しか会ったことのない新聞人まで、たとえば次のようなことをいう。二十日の夕刊にのった記事である。

……きのうは、華やかな前半生と、孤独な後半生を、自らの手で断ち切った人の葬儀があった。

……春も盛りというのに、冷たい荒い風の吹く日だった。古い寺の本堂に坐って、香煙と読経《どきよう》の中に瞑目《めいもく》していると、不思議な心の安らぎを覚える。……そんな気持を起させる所に、ホトケとなった故人の功徳があるのだろう。

まことに、その言葉どおりの、和やかな葬儀であった。義理で現れたものは一人もいない。私は、葬式というものが、親類縁者にとって行なわれるものでないことをはじめて知った。

＊

世の中にもし幸福というものがあるとすれば、それは他人に喜びを与える以上の幸福はない。そして、そのために、人はどれだけのことを忍ばねばならぬものだろうか。はた目には、単に「華やかな前半生と、孤独な後半生を」送ったように見えるむうちゃんも、実は神様から選ばれた極《ご》く少数の真に「幸福な」人間の一人であった。そのことは、死んでよけいはっきりしたように思うが、そういう女性と、たとえしばしでも付き合うことのできた私は仕合わせであった。彼女とは、十年越しの友達だったが、私には束の間の夢のように思われてならない。これから少しずつ憶い出の糸をたぐりながら、あらためてお近づきになりたい。今となっては、それだけが私の望みである。

元より、伝記を書くつもりはないから、何処で生まれ、何処で育ったというようなことは省略する。ある日、どこからともなくふと銀座に現れた——そういう言い方のほうがむうちゃんにはふさわしい。私もそのようにして出会った。美術商の店先で、青山二郎さんが連れていた。

「こちらは、坂本さん」

と紹介されても、どこの誰やら見当もつかない。ひっつめの髪に地味な着物、白粉《おしろい》っけ一つない女性は、奥さんだかバアのマダムだか、そのどちらでもないように見えた。

当時、むうちゃんは、私の非常に親しくしている先生の愛人で、うかつな私はそれを知らずにいたが、たださえ控え目な彼女は殆ど口をきかず、終始、放心的ともいえるような表情でいた。だが、いかにもそうやっているのが、自然であり、似合ってもいたから、窮屈な想いをさせることはなく、無言のうちに何か心の通うものがあって、それから急速に友達付き合いをするようになった。

その頃は、五反田のアパートに住んでいた。タンス一つ、机一つ、茶碗二つ、といったような簡素な暮らしぶりで、昼間は大方寝ていたが、でも私が行くと女同士の他愛ない話がはずんだ。一緒に飲んだり、旅行にも行った。たのしそうに遊んでいても、いつも彼女には一抹の淋しさがただよい、ぽっと出の私には不可解でならない。だがその淋しさは陰気くさくはなく、カラッとした白磁の静けさであった。飲むと忽《たちま》ち元気になり、あげくの果ては荒れるのも、文士の先生達によく似ていた。

次第に私は、彼女の過去を知って行った。驚くべき数の男の名前が噂にのぼる。が、そんな生活を送りながら、無私無欲の清らかな姿でいられるのが、先ず私の心をひく。はっきりいって了《しま》えば、付き合いだの友情だのといっても、私の彼女への関心は、はじめは好奇心にすぎなかったのである。

「白洲さんて、何でも持っていらっしゃるのね」

むうちゃんにそういわれた時、私は羞《は》じた。

前にも書いたように、彼女は目立たぬ存在であった。ふつういう意味での色気とか、艶《なま》めかしさもない、それは付き合ってみなければわからぬ種類の魅力である。

ある評論家は「底なしの沼にひきずりこまれるような女性」と評したが、宇野千代さんも同じようなことをいった。これはどこかに書かれたと記憶するが、はじめてむうちゃんに会った頃、酔っぱらって、「あたし宇野さん大好き」といいながら、自分で自分の爪をはがしだした。その時は、どうしよう、何とかしてやらなくちゃならない、ハラハラしたといい、「女でも変な気持ちになるわよ」と付け加えた。

彼女には、そういう切ない美しさがあった。

宇野さんは、それを娼婦の典型と割り切ったが、娼婦でも何でもいい、ほんとの女とはそういうものだ。美しい物で人の心を掻き乱さぬものはない。そういう素質を育てあげたのは、むろん生まれつきの美貌と素直な性格にもよるが、むうちゃんの場合、大部分、環境のたまものであった。酒場と名づける場所ではない、人間関係における環境だ。極端にいえば、彼女は単なる素材にすぎない。が、ただの自然の素材ではない、人間の手によって、美しく磨きあげられた、——彼女は、名実ともに、純粋な、日本の女であった。

＊

むうちゃんがはじめて街に現れた時、わずか十六、七の子供だったと聞く。それは偶然、昔の文春の地下室にある、レインボウというレストランであった。伝説では、その日、ある著名な文士に、処女を奪われたことになっている。が、その日がどの日だか、著名な文士が誰であったか、穿鑿《せんさく》する興味は私にはない。処女を失ったことすら、遅かれ早かれ誰にも起こるようなことが起こったにすぎない。その頃のむうちゃんの写真が遺っているが、どこにでもいるような下げ髪の美少女で、将来の運命を予想させる何物もない。ようするに、何もかも偶然の出来事なのだ。過ぎ去ってみれば、必然と見えることも、実は偶然である場合が、世の中には何と多いことだろう。たとえば、受胎という大事件ほど、私達のあずかり知らぬ偶然事はない。それと同じように、彼女もただ単に其処《そこ》に居合わせただけの話である。

もし某氏が、ふとした出来心を起こさなかったら、その一生はまったく違ったかも知れない。女は男につくられる。もっとも、男も女につくられるかも知れないが、今その違いに触れている暇はない。とにかく、彼が文士であったことが、彼女の方向を決定した。はじめは単なる流行《はやり》っ児《こ》だったかも知れない。が、その他大勢の文壇人から、れっきとした名前が現れる頃にはむうちゃんも存在し始める。肉体に刻まれた男の名前の系列は彼女の成長の跡を物語るかのようだ。

曰《いわ》く、直木三十五《さんじゅうご》、菊池寛、小林秀雄、坂口安吾、河上徹太郎、大岡昇平ｅｔｃ、ｅｔ

c。彼女が辿った道は、さながら昭和の文学史の観を呈する。もはや古い話とはいえ、私の敬愛する先生達の実名をあえてここに掲げるのも、私にとって、それがつまらない文壇裏話、ましてスキャンダルとは思えないからだ。読者もそうは受け取って下さるまいと信じている。

むうちゃんは、それらの人々によってつくられた。人間もつくられたが、同時に、自分は欲しもしなければ要りもしない「名声」もつくられて行った。それ程の人物を相手にとった女は、さぞかし凄腕と想われるかも知れない。が、いわゆる凄腕の女だったら、いかにかくしても完全な素材とはなり切れなかったであろう。彼女は、男が男の夢を描くにふさわしい理想の女体であったのだ。ことに、創造を仕事とする作家達にとって、己《おの》が姿を映す又となき鏡だったに違いない。年を経るにしたがって、彼女はあたかも古代の巫女《みこ》のように、彼等が信ずる文学の象徴のようなものとなり、それに付随する名声の化身《けしん》となり果《おお》せた。凄いといえば、そんなものに化けて、化けさせられて、無言で耐えていたことである。

しかし、以上のようなことはすべて私の想像に過ぎないし、当人はむろんのこと、先生たちのあずかり知ることではない。が、少なくとも、私だけにはそう見えるのだ。世に文士ほど人間くさいものはない。愛人を得ることと名声を保つこと、いやその上に先輩をしのぐ程又とない栄光があるだろうか。その最後のものは、個人的な喜びというより、むしろ彼等の宿命といえよう。何故なら、過去を乗り越えることによってしか、文化は発達しないからだ。単なる競争意識ではない。昨日の落ち葉が、明日の肥《こえ》となるのは、自然がしめす美しい感謝の一形式である。

新進気鋭の文学者達にとって、それらのものをことごとく備えている女性が、理想の権《ごん》化《げ》の如く映ったのは当然といえよう。彼等は奪った。血を血で洗う争いだった。奪われたものは大地をかきむしって泣き、呪い、恨みは長く尾をひいた。再びいうが、それは只の女を失うことではなかった。といって、現実には只の女を失うことであった。人生の何もかも知りつくし、人の心の奥底を究めた達人が打ちのめされ、憔悴し切った姿は、男心の愚かさと美しさの極みであり、人間の矛盾をむき出しにして見せつけた。かたわら女は、奪われる度毎に、月光の美しさを増して行く。彼女が浮気だったのでもなければ、弄《もてあそ》ばれたのでもない。自分の意志ではなく、——元より意志なんてものがあろう筈はない——一人の男から、他の男へと移り行く運命にあり、またそのことが次第に一つの型をつくり上げて行った。そして、生涯、その型の中から出られなかった。誰の罪でもない。人間関係の描く絵模様は、何と緊密に、互いに身動きならぬ線でひき合っていることだろう。

＊

むうちゃんは、いつも身体が弱く、疲れやすかった。

「お医者様に見て貰ったら、あたしの胃、おなかのどん底まで落っこちてるんですって」

と笑った。唯一の理想は、イタリイの浮浪者になることで、たぶんイタリイを選んだのは、自然が美しいのと、外国で名声におびやかされず、人知れず生きたかったからだろう。彼女は知らずして無一物《むいちぶつ》の境涯にいたが、うっかり何か気に入った顔をしようものなら、剝《は》いでも与えかねない様子をした。何事につけ、与えることを知って、貰うことを知らない女だった。何もかも、考えれば死因のように思われて来るけれど、その過去の遍歴からいって、もっとも小説のタネになりそうな彼女は、実はもっとも語りにくい存在なのである。

最近は、もう爪をはがすといったような自虐的媚態も消え失せて、ただ其処に居るという風に見えた。凡《およ》そ偏見というものがなかったから、偉い人もそうでない人も平等に扱った。だから物事は的確に見た。ある時、バアのマダムの一人が肉親を失い、それも突然のことだったので、泥酔して荒れ狂った。無理もない話である。が、店での話だったので、お客達はうろたえた。

「結局、あの人は冷たい人なのね」

むうちゃんはそう口走り、私には理解できなかったが、それも今にして想えば、自分のことのみ熱心で、他人の上を思いやらない「冷たい人」という意味であった。

昔、小林さんと青山さんは、会う度毎に嚙み合った。私達が心配すると、

「あれは二人の儀式だわ」

といった。儀式はいよいよ荘厳になって、近頃は会うこともしない。来たるものは喜んで迎え、去るものは追わない。

「男の人と寝るなんて、何でもないことだわ」

そうもいった。その位のことなら、今時のチンピラ娘もいうかも知れない。だがむうちゃんのそういう時の声音《こわね》には、正真正銘入相《いりあい》の鐘のひびきがあった。

このような女性に伝説がつきまとわぬ筈はない。その最たるものは、彼女が性的に不感症だというのである。それも、最初の時に強姦されたためになったようだ、――そうまことしやかに伝えられている。

真偽の程は知るすべもないが、そういわれれば、そんなところが全然なかったわけではない。前に、彼女の愛人と三人で旅行したことがある。その晩は仲よく飲んで、上機嫌だったが、自分達の部屋へ帰ってから、例によって雲行きがあやしくなった。翌朝知ったことだが、彼女は夜中にガラスをぶち破り足を怪我したそうである。私が訪ねた時丁度《ちょうど》治療の最中で、むうちゃんは椅子に座り、寝不足の恋人がその前に跪《ひざまず》いて、不器用な手つきでほうたいを巻いている。

その時、ふと気づいたことだが、愛人にそんなことをさせながら、それも巧く行かないで苦心してるというのに、彼女はまったく無関心で、あらぬほうを眺めている。常は心がこまやかな人だけに、この光景は異様に見えた。どこでどういう工合に不感症と結びつくか、私には巧く説明できないが、何か「欠けたもの」を感じたことは確かである。

他人には、思いやりの深い人だのに、恋人には残酷なことをした。一緒にいるのに、

「あんたは来ないでいいわよ」

バタンと戸を閉めてしまったり、来ると知っているのに家をあけ、仕方なしに生米をかじったという男の話も聞いた。一番ひどかったのは、彼女の新しい恋人を訪問するのに、お供をした恋人の話で、その新しい男がオリンピックの選手だったために、山登りや水泳の相手までさせられたという。何れ《いず》も若い頃の話で、私が見たわけではないけれども、充分想像がつくことである。が、そうまでして、ついて行かねばならなかった彼女の魅力には、何か魔的なものさえ感じられる。先に私はむうちゃんのことを「素材」といったが、彼女の生成のためには、彼等もまた素材の役を果たしたのではないだろうか。

これはむうちゃんと関係のない人だが、前にこういう話を聞いたことがある。

彼は大学時代かなりの文学青年で、恋愛をしなければ人生はわからないときめていた。月並みな言葉でいえば、いわゆる恋に恋したのである。小説をお手本に、色々ためしてみるが巧く行かない。とてもダメかとあきらめた時、一人の女性が現れた。戦争未亡人だったが、今度はお手本ぬきで、いっきに恋愛にまで進んで行った。

ところが、どうも変だ変だと思ううち、やがて彼女の不感症に気がついた。彼は苦しん

だ。どうにかして満足したい、満足させたい。何とか四十八手という本から、高等医学書に至るまで「研究」してみたが梨のつぶてである。一方、想いは増すばかりであった。

「そこでどうしたと思います」

と彼はいった。恋人はひと先ず置いて、一番凄いと称される女をやり手婆さんに紹介して貰い、通ったのである。

「それからは向こう鉢巻きです」

毎日毎日通いつづけた。

「で、想いはとげたかと仰るのですか。左様《さよう》、たしかにとげました。が、変なものですね、それと同時に、僕の恋愛も醒めはててしまったのです」

むうちゃんのかつての恋人が、私にいったことがある。

「あの人を女にした男を僕は尊敬する」

してみると、この伝説は真実なのかも知れない。何れにしろ、彼女にはいつも人をひきつけておく、ある種の雰囲気があり、とらえようとすればする程はるか彼方に遠ざかる。たとえ肉体を所有したとしても、女の喜びを与えるという奇跡が起こっても、そのものは、永遠に、誰のものにもならなかったであろう。人間を翻弄するために生まれついたような魔性の女であった。不感症とか何とかは問題ではない。

＊

それが芸術家だけの間に通用する美であったなら、私もさほど不審に思わないが、はじめにも書いたように、芸術とは関係のない人々、子供や犬にまでなつかれたのは何とも不可思議な現象である。

お葬式の日に、次のような弔辞が届いた。

睦ちゃん
睦ちゃん
もう遊びに来ないのかい
待っていたのにね
でも仕方ないや
むうちゃん
さようなら

相馬堂

はじめて私が彼女に会った時の、骨董屋の主人である。九つの時から、一緒に育ったというバアテンのまあちゃんは、この手紙を読んで慟哭《どうこく》した。ただそんなことが書けなかっただけで、誰もが同じ想いなのである。

競争相手のマダム連にも愛された。ある欲ばりで有名な女が、

「ここらへんでむうちゃんも一儲けしなくちゃダメよ」

と本気でいった時には大笑いだった。そういうファンに対して、彼女も親身だった。彼女にいささかの野心も抱かず、憧憬の対象とした男も多い。死ぬ前に、アパートの敷金を借りていたある会社員には、それとなくお詫びの便りを書き、遺族への書き置きにも、特に「××さんは子供が多いのだから、なるべく早く返すように」とあった。

かつて、表現の方法に窮した渇仰者は、彼女が吐いた反吐《へど》をむさぼり喰うという事件もあった。

あたかも芸術の傑作品のように、上下を問わずかくも愛された人が、何故死ななければならなかったのだろう。

聞くところによれば、孤児同様の出生で、たった一人の弟も戦死した。幼時から他家に貰われて育ったが、育てたのはその家のお婆さんで、この人にも早く死に別れた。現在遺っているのは、名ばかりの養母である。幼い時から孤独な境遇は、ただきえ内気な生まれつきを、よけい淋しいものに育てたのであろう。が、偶然おかれた環境はおよそ不似合いな場所だった。アルルという酒場をやっていた時――その頃は菊池寛と一緒だったが、養母と、新しく現れた愛人の間にはさまって家出をし、最初の自殺をはかったのもその時だ

ったという。

むうちゃんが自殺しかけたと聞き、新しい恋人の親友が駆けつけ、その場で彼女と出来てしまった。友情が、恋情を生む。その頃から、彼女の周囲は同じ模様を描きだす。一般社会では、許すべからざることが行なわれたのも、切実な愛情の変形だったからに他ならない。が、真ん中に置かれたものの身になってごらんなさい。まだしも、彼等には、愛と苦しみを表現するペンがあったが、彼女は文字どおり無一物だ。酒にははけ口を求めても、言葉らしい言葉にはならぬ。そういう宿酔《ふつかよ》いのオリのようなものがたまって口にも顔にも表さず、ひたすら耐え忍んでいたところに、彼女だけが持っていたあの魅力、ほのぼのとした陽炎《かげろう》の雰囲気がただよったのではないだろうか。人に持てたのではない、持てさせられた女であった。

＊

むうちゃんのいる所、いつも事件が起きた。が、ただ一人、渦の外にいた人間がいる。それは青山二郎さんである。通称、ジィちゃんで通っているが、この先生だけは、恋人になったこともなければ、むろん取り巻きでもファンでもない。にもかかわらず、十年一日《いちじつ》の如く、むうちゃんと共にあり、もしかすると唯一の友達だったかも知れない。私に紹介してくれたのもこの人である。

「むう公は、年とったら僕のばあやになるんだってサ」

横ではむうちゃんがうなずいている。そういうシーンによく出会った。実際、ジィちゃんはばあやがなくては困るような人で、私なんかひどい目に遭っている。前にも何かに書いたことだが、私が胃潰瘍をしている時、

「何も食べなくてもいい。お勘定だけは払わしてやるからついて来い」

といわれたこともあり、千円位の陶器を、一万円で売りつけられるなど、それだけで本が一冊書ける程迷惑しているが、やがてそれが十倍に売れた時ほど癪にさわったことはない。

陶器と奇行で有名な人物だが、右の一例を見てもわかるとおり、実際には奇行ではなく、甚《はなは》だ合理的で、だから癪にもさわるのである。

「僕は、自信のないことに、十年自信をもっているのだ」

と、いつも明るく、ケロリとして。むうちゃんもたぶんそういうところに安心するものがあったのだろう、注意深い彼女に似ず、心を開いていた。小林秀雄、河上徹太郎、中原中也の親友で、いわば彼女の悲劇を全部にわたって一緒に生きた局外者ともいえようが、しらばっくれた顔が、何をかくしているか私は知らない。

最近の恋人の一人が私にこういったことがある。

「むうちゃんから、あらゆる男をひきちぎったが、ジィちゃんだけはダメだ」

と。

私は男の人の気持ちがわからないから、どう解釈していいか知らないが、まだ、浮気なら許される。肉体関係があればあきらめもする。が、あいだに芸術も商売も何もなく、その「関係」だけで彼女の放心を受けとめた人があるとすれば、これはずい分口惜しいことではないだろうか。無償の愛にかなうものはない。しかも、此の世の中を一文なしで、嫌われることなぞへっちゃらで、笑顔で渡っているとは——とここまで書いて私は、ふと坂本睦子の原形につき当たったような気がする。

そういえば、彼女と深い仲だった人々で、ジィちゃんの友達でなかった人はいない。彼はふつういう意味での知人関係ではなく、うわべはどうあろうと、心をわかち合った友なのだ。まわりを取り巻く崇拝者、その外側のファンでさえ、一つの糸でつながっている。むうちゃんは「偶然」だったか知れないが、この関係はそうではない。その中心にあって、ひとり動かなかった人、むうちゃん台風の目は、実にこの人だったのではないだろうか。別の言葉でいえば、男女の問題ではなく、純粋に男同士の関係ではなかったか。

イジワルジィちゃんは笑って答えない。

だが、しょせん人間は仏菩薩ではない。肉体の部分が極く少なかったむうちゃんも、生きて行くためには、何らかの方法を講じなければならない。年も四十を越していた。酒場に生まれた女は、酒場が一番似合ったが、まったく虚栄心のない人にとっても、現実的に彼女を支えていたのは、やはり世間一般の水商売の女と同じ「人気」であった。次第に彼女は疲れて行った。結婚したいといい、別の仕事が探したいといった。何も多くを欲したわけではない。

ある日彼女は酔っぱらって、

「むうちゃん、むうちゃんっていうばかりで、誰もかまってくれやしない」

と子供のようにむずかったが、どんなに淋しかったのだろう。彼女が結婚したがったのは今始まったことではなく、かつての恋人たちの中にも、そう望んだ人は多かったが、いつも破れてしまう。仕事を見つけても、探すそばから崩れて行く。十五も年下の男と同棲してみたり、浮気をしたり、泥酔したり、表に出さなかったといえ、心底から人間嫌いになって行くようだった。それでもむうちゃんを知る人々は、この危機がすぎれば、理想的な女から、理想的な人間へと脱皮するに違いないと信じこんでいたのだが、今は空しいくり言となった。

「物わかりのいいお婆さんになって、一しょに遊ぼうとたのしみにしていたのに」

お通夜の晩に、彼女のファンの一人が、正に私のいいたいことをいった。

＊

孤独な生活は、どんな人でも毒してしまう。目的のない人生に、いかなる達人も耐えられるものではない。

　男の人がのどかな女性を好むように、彼女もぼうっとした男性にいつもあこがれていたが、年下のそういう男とたわむれながら、死を見つめていた姿には鬼気迫るものがある。

　ひと月ばかり前、泥棒が入ったことがあった。被害はわずかだったが、それを知らずに熟睡していたことが、ひどいショックを与えたらしい。こわいこわい、といっていた。今さらこそ泥に驚くなんておかしいが、危機一髪の状態にあっては、針が落ちた程のこともきっかけとなりかねない。

　自殺は、実に見事に、一糸乱れず行なわれた。

　美しい人にふさわしい死に際に、私達は敬意を表するが、はたしてそれは見掛けほど単純に、麗しい最期であっただろうか。前日には手伝いのばあさんにアパートの鍵を郵送し、開けたら万事わかると書いている。親類の人にも、この手紙を見たら、すぐ来てくれとことづけた。私がこの原稿を書きはじめた日には、財布の中に二十円しかなかったが、その後、出雲大社のお札の裏に、六千円かくしてあるのが発見された。何もかも計算ずくめだ。遺書を書いたり、物をまとめたりしたのも、実は二、三ヵ月、いや一年も前のことだったかも知れない。覚悟していたことは、その四、五日前に、お小遣いをやろうといった男にも断り、二日前にも、別な人にやはり断ったと聞くが、熱にうかされた行為と違って、死に直面して、なおその冷静さが保てたであろうか。私には信じられない。出たり入ったり忙しそうにした有様が、眼前にちらつく。が、にっこり笑った最後の微笑に、私も微笑をもって応えねばなるまい。そう、何もかも終わったのだと。

だが、伝説の女性は、屍《しかばね》からも伝説を生むらしい。今日聞いた話では、むうちゃんには、千八百万円の貯金があったという。誰がつくったお話か、二千万でないところが天才的である。そうかと思うと兄弟同様の友人が、お形見に安全かみそりを貰ったが、遺族から返せといって来た。金メッキ、四百円のかみそりだ。「処女を奪ったのは俺だ」と名乗り出た男も三、四人あると聞く。

今夜も銀座の酒場では、そんなことを話しながら、みんなが飲んでいることだろう。

冬のおとずれ

私の住んでいる村は野鳥が多いところである。

そう書いている目の前を、今も、せきれいが、尻尾をふりふりすぎて行った。せきれいは何と呼ばれるか知らないが、この村では百舌鳥《もず》のことをモズク、またはモズッ子などといい、ひたきのことは、紋ツキバカッチョという。黒い羽に白い紋があるから、紋ツキの方はわかるけれど、バカッチョの出所は不明である。

毎年、霜枯れのころになると、書斎の前にあるバラの枯枝に来てとまる。バラは、私の不注意から、とうの昔に枯れてしまったが、ひたきのために残してある。そこに来る鳥が、毎年同じ鳥なのか、なぜ特にその枯枝を好むのか、さっぱりわからないが、先日、太田黒克彦という方の『野鳥断片』を読んだら、やはり同じようなことが書いてあり、それが尉《じょう》鶲《びたき》といわれる種類であることを知った。緋色の胸毛に、黒紋付の翼を持つ、ごくありふれた小鳥である。

だが、長年付合うともなしに付合っている間に私は、妙なことを発見した。この鳥には、我と我身をガラス戸にぶつけるという奇妙な習性があるのだ。私が机に向っているうちは、さも心ありげな様子で、何時間でもとまり木の上でじっとしているが、人がいなくなると、おそるべき執拗さで、ガラス目がけて飛びかかる。

ある時、一定の間をおいて、変な物音がするのでのぞいてみると、そういう動作をくり返していた。ひたきはいつも一人ぼっちでいるようだが、ガラスに映るおのが姿に友を見るのであろうか。それとも、外はこんなに広いのに、鏡に映る虚妄の影に心をひかれるのであろうか。いずれにしろ、そんなことをするから、バカッチョと呼ばれるのかも知れない。

あるいはまた、胸に火を持つために、ひたきの名が与えられたのではないだろうか。時には、ガラスが血だらけになっていることもある。

ひたきには破れない窓も、つぐみには壊される。ひどい音がするので、びっくりして飛出してみると、人影はなく、ガラスのかけらが散乱して、鳥が一匹、きょとんとした顔つきでうずくまっている。そんなことも一度や二度ではない。私の貧弱な知識では、かろうじてそれがつぐみの一種と見分けるにすぎないが、海山越えて渡って来た翼の強さには毎度のことながら驚くのである。三十分もすると、元気を取戻して、再び破れた窓から飛去って行く。

鎮守の森には、大きなふくろうが巣くっている。それがたまたま鳴く夜は、私の心にも冬がおとずれる。そして、やがてほんとうの冬がやって来る。だがその時すでに、葉をふるい落した枝の節々は、紅の芽を抱き、梅のつぼみもふくらみはじめる。

老木の花

世阿弥は花伝書の中で、父観阿弥の晩年の芸を評して、このようなことをいっている。
――手のこんだ能は、若い役者にまかせて、自分は軽いものをひかえ目に、色どりもなくて演じたが、「花はいやましに見えし也。これまことに得たりし花なるがゆえに、能は枝葉もすくなく、老木《おいき》になるまで、花はちらで残りしなり」

「花」の定義はむつかしい。単に美しさといえば抽象的になるし、色気といっては生々しくひびく。やはり自然の花の、時を得て咲き、時が来れば散る、あの無心な姿のことをいったのであろう。観阿弥はそういう花のいわば種ともいうべきものを、長年の訓練によって身につけていたから、老年になっても、自在に舞台の上に咲かせることができた。世阿弥がそれを理想としたことは、花伝書の中でたびたび繰り返しただけでなく、たとえば年老いた小野小町を主人公に作曲したり、桜や柳の精を老人の姿で表現したり、また「井《い》筒《づつ》」の能では、業平《なりひら》の愛人の亡霊を、「しぼめる花の色無《の》うて匂ひ、云々」と形容したこ

とでもわかる。観阿弥の至芸は、まさにしおれた花が色あせた後までも、香りは失われず

に残っているといった体《てい》のもので、満開の花よりも、はるかに風情にとみ、嫋々《じょうじょう》たる余韻を感じさせたにちがいない。

　年をとった女性にも、稀にそういう人物はいる。高木しま子夫人は、里見弴《とん》氏の姉上で、今年（一九七八年）九十四歳の高齢だが、じつにさわやかな美しいお婆さまである。里見さんに似て、ユーモアがあり、「年よりの冷水だよ」といいながら、どこへでも一人で電車に乗って行かれる。昔とは暮らしも環境も変わったのに、愚痴一つこぼさず、何事があっても笑顔を失わない。笑顔を忘れないことと、無理をしないことが、この老夫人の人生の秘訣であろうか。若いときから色白の、きれいな女性であったが、年とともに磨きがかかって、霞の奥に桜の花を垣間見るような、ほのぼのとした感じがする。「長生きも芸のうち」と、吉井勇はいったが、いっしょにいるとこちらまで仕合わせになるような老人は、男でも女でもそう多くはいない。

　だが、たとえ少数でも、手本とすべき人間が存在することは、私たちの幸福である。最近私は目が悪くなって、夜は読み書きができないため、テレビを見たり、ラジオを聞いたりして過ごす。そして、時にははっとするような人間に出会う。ずいぶん前のことなので、どんな番組であったか思い出せないが、たしか広島あたりのお婆さんだった。ごくふつうの素人の老婆である。その人が「老木の花」としか名づけようのない俳句を詠んだ。

薄化粧八十八の春なれば

私は感動した。別にお能のような芸術ではなく、また教養のある女性でもない人が、このような句を作る。日本はなんというよい国だろうと思った。

もう一つはつい最近ラジオで聞いたもので、じょんがら節の名人だったお婆さんが引退して、ひきこもっていたのを探し出して歌わせた。はじめは渋っていたが、司会者にせめられて、即興的に歌ったのである。なんともさびの利いた、心の底までしみわたるような声であった。

わたしゃ枯木で花咲かぬけど
藤がからんでいい花が咲く

浮気について

チェホフの作品に、「浮気」と名づける小説がある。あらためて紹介するまでもなく有名なものだが、何年ぶりかに熟読してみて、多くのことを読みすごしていたことに気がついた。

場面は、オリガ・イワーノヴナの結婚式にはじまる。美しく着飾った花嫁は、彼女のお取巻連に夫を紹介する。彼等は、何れも多少世間に知られている、もしくは燦然《さんぜん》たる未来を期待させる芸術家達で、どこかに平々凡々でない節を持っている人達だったが、新夫のドゥーイモフはそれとは反対の黙々と医学の研究に身をやつしている、どことい って取得のない人物であった。

「とは言うものの、仮りに此の花聟《はなむこ》が文士か画家であったなら、確かに彼のその顋鬚《あごひげ》は、ゾラを聯想《れんそう》させると言われたに違いない」とチェホフは記している。

「いいえ、まア聴いて下さいな！」とオリガはいう、彼は父が病気になった時、献身的に介抱した。そして、父が亡くなってからも、しばしば彼女を慰めに来てくれた。そして、或る美しい晩に、突然結婚を申込んだ。「ボソリと頭へ雪の落ちてきたような唐突な気持」で、自分の方でも無茶苦茶に好きになり、そこで、只今御らんのとおり、結婚したというわけである。

オリガは、この平凡な成行をさも大げさに吹聴する、「何という立派な自己犠牲でしょう！　まア聴いて下さいな、リャボーフスキィさん……貴方も聴いて下さいよ小説屋さん、それは面白いんですのよ」面白がっているのは彼女だけで、お附合にほほえんでいる友達の顔や、照れくさい新夫の、だが嬉しそうな顔が印刷の裏側にちらつくが、彼女は、未《ま》だその上にこんなこともつけ加える。

「只今あの人の顔は七分通り此方《こちら》を向いているだけで、光線の工合も悪うございますけど、すっかり此方を向きましたら、額を見てやって下さいまし、……ちょいと、あたし達ね、今貴方のお噂をしてるのよ！」こう大声で夫に叫ぶ、オリガはそういう女なのである。

夫を紹介しながら、自分自身を紹介してしまった彼女を、もうこれ以上紹介する必要はないだろう。この種の女は誰にでも愛される。というよりも可愛がられる。彼女は、「白い桜の花のように」美しかったばかりでなく、唄を歌うことも、ピアノを弾くことも、絵も彫刻も、どうやらこうやら遣ってのけるというのではなしに、実に巧みにやる。「イルミネーションの提灯を吊しても、盛装をしても、誰かにネクタイを結んでやっても」同じように巧かったが、それらの才能のうちで一番目ざましいのは、瞬くうちに名士と近付きになるその能力であった。が、彼女はそうした連中にも、すぐ馴れっこになってしまい、幻滅を感じて、又もや猛烈な勢で新しい傑物を探し求め、発見し、又鼻について来て探しはじめる。「何の為めに？」作者は答えない。

何の為めに、――もしそうしなければ、彼女は退屈したからである。勿論、そんなことには気がつかない。そして、何も気づかないそのことが、夫をも含めた男性をほっとさせるのだが、やがてその見せかけの平和は、氷がとけるように徐々に崩れて行く。だが、私はあまり深入りしたくない。美しいデッサンのように、注意深く描かれた、いくつものかくれた線を破《こわ》したくない、なるべく急いで通りぬけることにしよう。

ある時、はるばる遠い避暑地にまで音信《おとず》れた夫は、彼女の（着物をとりに）一枚の晴着の為に、来たその足で逆戻りさせられる。優しい笑みを浮べて停車場さして引返して行く彼を、「ほんとにあたし馬鹿ね」と涙をためて見送るオリガだった。再びいうが、そういう女が男に愛されぬ筈はない。「静かな月の明らかな七月の或る夜」ついに、彼女は画家のリャボーフスキィのものになる。「ボソリと雪の落ちた」のと同じ工合にである。男はおきまりどおり直ぐに飽き、女はおきまりどおり、泣いたり嫉妬したりする期間が少時つづく。そして冬になる頃には、ドゥーイモフも気がつきはじめるが、いい出す勇気はない。

オリガは、次第にヒステリックになって行き、しまいには、「あの人はあの寛大さであたしを苦しめているんだわ！」というようになる。実は、そのセリフが大そう気に入っただけの話で、彼女は少しも変ってはいない。苦しんでもいない。とうとう、愛人とも決裂して、「何もかもお終いになったのだ！」という口の下から、すぐ仕立屋へ行くような女である。

が、何もかもお終いになった、のは事実であった。愛人と別れて、久しぶりで、夫の優しい笑顔を思いだした時、既に彼は死の床にあった。しかもジフテリアのばいきんを吸う、という自殺的行為の結果として。それでも未だ「良人が最う永久に目醒めないとは思われないので、軽くその肩を叩き乍ら」呼びつづける呑気さである。最期は、亡夫の親友の言葉でもって終っている。「施しを受ける女共の住んでいる場所を聞いてきて下さい。あの連中が死体を洗ったり、取片附けをやったり、——必要な仕事は万事やってくれるだろう。」——実に見事な結びである。

浮気について書け、といわれて、私は軽井沢に行った。涼しい所で、ゆっくり考えてみるつもりだったのである。ところが、何日もいて、ひと言も書けなかった。時たま何かが頭に浮んでも、空のかなたに消え去ってしまう。澄んだ空気の中に、美しい自然の中に、吸いこまれて行くようであった。そうして〆切をひかえて帰京したのだが、書斎に入ったとたん、ふと本棚にチェホフの小説が目につき、原稿なんかほったらかして、今の今まで読みふけっていたのである。

私は完全に満足した。出会うものに出会った、という感じである。だから、浮気について、もうこれ以上（読者にチェホフをおすすめする他）何もいうことはないのだが、未だ約束の枚数に五枚ほど残っている。少時空なマス目を埋めて行くことにしよう。

スタンダールの「赤と黒」の中に、次のような題辞がある。

「情熱の為に身を滅ぼすのもよかろう。が、それが自分の持っていない情熱の為だとは。悲しき十九世紀よ……」

永久に目醒めないのはドゥーイモフではなく、オリガではなかったか。夫に死を与えることによって、小説はめでたく終ったが、オリガは永遠に愛人をつくったりまた舞戻って来たり、仕立屋や音楽会へ行きつづけることだろう。浮気とは、そういう繰り返しにすぎない。自分の、ほんとに持っていない情熱だからである。悲しいのは十九世紀ばかりではない。

浮気ということは、色恋沙汰ばかりとは限らない。オリガは、生来浮気っぽい性質であった。絵画も、彫刻も、音楽も、夫も、友達も、何一つほんとに愛してはいない。すべては提灯をつるしたり、ネクタイを結ぶのと同じことなのだ。

リャボーフスキィ（何て覚えにくい名前だろう）も、何も彼と限るわけではない、湖水に月がかがやいていれば、たとえば他の何とかスキィやヴィッチでもちっともさし支えはなかった。恋愛には終末が来るが、浮気には終りはない。哀れな夫を殺すまで、オリガの人生はとめ度なく流れて行く、彼女はたのしくとも、少しも幸福ではない、そう考えると、まことにこれは薄気味わるい小説なのである。

だが、それが人間本来の姿だと思えば、なおのこと気味が悪い。オリガには、ボヴァリイ夫人の影がさしている。それは単なる影にすぎない。同じく平凡で無邪気で魅力あるボヴァリイ夫人も、人生に対する物足りなさが何に所以《ゆえん》するのか知らなかったが少くともどこか間違っていることは感じつつ、めくら滅法夢を追いかけて、「情熱の為」に身を滅した。オリガにはそれさえない。ただ目の前にあらわれたものに身を任せ、自然の野山の如く健康で、朗らかで、夫の方が虫ばまれて行くのだが、そういう彼女はどちらかと云えばボヴァリイ氏に近く、彼女の夫はボヴァリイ夫人に似ているのではないだろうか。両者は互いに交りあっている。影といったのはそういう意味でだが、フローベルが修道僧のような芸術家だったのに比して、チェホフの本職が医者だったのは興味深いことである。

またこういう事もいえるのではないだろうか。オリガは浮気だが、ボヴァリイ夫人は道楽者だと。似ているようだが、この両者は大変違うのである。私は多少骨董の世界で、二つの人種を知る機会があったが、まったく別の道を行くことに気がついた。浮気者は、根が衛生家で、それに少し臆病だから、決して危いものに手を出したりしない、いつも筋の通った世界中どこへ出しても通用する安全なものを選ぶ。それは財源に応じて、次から次へ拡って行くが、そのかわり、物と共に知識はふえても進歩はない。平面的な、繰返しだからである。大部分のいわゆる蒐集家《しゆうしゆうか》はそういう買い方をする。

それにひきかえ道楽者は、次から次と求めて飽くことを知らぬのに変りはないが、いわば上へつみ上げて行く。いいかえれば、物がふえるのではなくて、夢が成長するのである。世界的名器にも芸術的作品にも興味はない。しゃにむに自分の好きな物だけ突進するのだから、値段も不規則だし、安くも買うし法外に高くも出す。ずるい奴が其処へつけ込むというわけで、甚だ紳士的でないかわり、怒ったり口惜しがったりで骨身に応える為、覚える方も早いが、飽きるのも早い。浮気者の場合は、たとえ飽きても美しいものなら胸が悪くなることはないけれども、道楽者は見るのもいやになるのである。相手が女の場合でも同じことだろう。前者は、蓄えるが、後者は、蕩尽《とうじん》する。ドン・ジュアンが女から女へうつって行ったのもつまみ喰いではない、骨の髄までしゃぶりつくしたからである。単に性慾だけの問題なら、あれ程多くの女と関係する筈はなかったと、誰かがいったのを思いだす。

浮気な骨董買いが身代限りをしないように、オリガのような人間は自分の夢に、それが何やらはっきりしないものでも、決して喰い殺される心配はないだろう。ボヴァリイ夫人の狂気は、しまいには恋人をこわがらせるに至るが、オリガの凡庸さはいつまでも人に好かれるものを持っている。総じて、浮気な女が男に持てるのもその安全感の故だろうか、彼女の夫も、そういう妻を愛したから、理解したから、負けたのである。「可愛い女」という小説は「浮気」の分身である。自然の前に、人間は弱い。

世の中にオリガのような男や女がいるのを咎めだてすることはないだろう。浮気ほどたのしいものはなく、浮気者ほど附合やすい人間はいないからである。軽井沢にも、そういう人種が大勢いた。彼等は親切で、天気は晴朗、まことに居心地がよろしかった。が、やはり私を心の底から慰めてくれたのはチェホフであった。荒涼としたシベリアの野を思わせるような、「浮気」と名づける小説であった。

幸福について

先日私は、二十年以上も会わない友達から、突然手紙をもらいました。名前は覚えていましたが、そのほかのことは殆ど何も思い出せません。彼女があまり仕合せでないことは、そんなことは何も書いてないのに、その文面からも察せられましたが、私が書いたものについて、二、三感想を記してくれた後に、こんなことが書いてありました。

昔、大磯の海岸で遊んだことを思い出す。あの頃は楽しかったが、ある日ボートで一緒に沖へ出て、気分が悪くなった時、人が苦しんでいる傍で、あなたは舳先《へさき》に立って大声で歌っていた。その時こんな生活もあるのかなと、大変羨ましく、印象に残った。また自分が洋服を着たいというと、あなたはいきなり裾《すそ》をまくりあげて、下着のことまで教えてくれた。あれにはいまだに感謝している、云々《うんぬん》と。

何でもないといえば何でもないことですが、私は愕然としました。まったく記憶にないことも、きっと毎日そんなことをしていたに違いありません。他人の苦しみに対して盲目であること、これは人間としてまさしく不幸なことではないか。幸福について語るなんてとんでもないとその手紙を読んだ時、実は思ったのですが、六十の手習いということもあります。六十には未だ大分間がありますけれど、三十に大分間があると安心していたのもつい昨日のことのように思われるので、この機会に思い切って考えてみることにいたしました。

世の中がいくら平和になっても、悲惨な事件は絶えないようです。親子心中など、またかと思うように新聞に出ています。たまたまそれに対する社会時評がのっており、自分が死ぬのはとにかく、子供を道連れにするのは人道に反するなんて書いてある。たしかにそれに違いないのですが、そのくらいのことなら、かわいい子供を殺す前に、親は百万遍も考えぬいたことでしょう。だが、どうにもならなかった。あなた方は、高みの見物をしているから、そんなことが言えるのだと、もし彼等が聞いたらそう答えたかも知れません。誤解しないでいただきたい。私は親子心中を奨励しているのではありません。ふつうでは想像もつかないような悲劇について、とやかく批判するのは礼を失する、そう考えているにすぎません。が、まだそこで終ったわけではない。人道主義の次は、愛情の仮面をかぶって、すべてを社会の罪に帰してしまう。まるで自分は社会の一員ではないかのように。ハンコで押したようなこういう考え方ほど、無責任なものはないと思います。

が、しいて善意に解釈するなら、それは誰しも他人の不幸は見るにしのびないでしょう。愛している人が苦しむより、自分が病気になった方がまだましだ、そう思うのは人情ですが、他人の場合もその延長で、どうにもできない自分の非力に対して、ある後ろめたさを感じるものです。だからといって、たとえば社会といったようなもののせいにすることはない、黙って堪えねばならぬことは世の中に多いのではないかと思います。

極端な例を出すまでもなく、やがて訪れるにきまっている老いや死に対して、いったいどんな手が下せましょう。ある老人夫婦は、金持だったのに自殺してしまいました。原因は不明、「社会の罪」にするわけにもいかず、そこにはただ絶望と名づける形なき形があるだけです。他人にとっては想像上の、本人にとっては何よりはっきりした、そういう必然の手にとっつかまったらお終いです。だが、それでもなお生きる人は生きつづけるでしょう。先頃、私は広島に行き、戦後はじめて行ったのですが、人間から草木の末に至るまで、その生活力の有難さには心を打たれました。ちょうど博覧会が催されていましたが、廃墟から立ち上った彼らこそほんとうに、幸福の意味と、平和の美しさを、肝に銘じて知る人々に違いありません。

お釈迦様は、そういうところから出家して、あきらめを説きましたが、この「諦」という字には本来ものを放棄するという消極的な意味はなく、読んで字のごとく「明らかに見る」ことをいうようです。どんな物でも、見て見て見ぬいたら千々に砕けるであろう、自分自身でさえ消えてなくなるだろう、何もなくなり自他の区別もなくなった時、この世界を形づくっている一切のものは、互いに動かず争わず、自然のままにあやまちのないことが見えて来るに違いない。マッチは火が出るものときめているが、マッチはマッチで、すらなくては火を発しない。木の葉を動かすものは偶然の風であり、激怒も歓喜もたとえば私という存在とは関係なく、仏の教えすら縁なき時は生じない。とまあそんなむずかしいところまで見極めなくてはアキラメルことにならないらしいですが、ただわかるだけなら何でもない、そういうふうに見えることがむずかしい。今私たちが、同じ言葉を、殆ど反対の意味に使っているのがいい証拠です。明らかに見るどころか、なるべく見ないで放っておく。言葉が、そのように変ってゆくこと自体が、すでにものには実体がなく、あるのは現象にすぎないことを物語るのではないでしょうか。

大変悪者扱いにされている男がある。小説にも度々書かれ、かんばしくない噂もしょっちゅう聞く。にもかかわらず、私はどうしても彼がにくめず、むしろ親友の一人と思っている。彼自身、悪事の数々を並べたてても、それらの言葉は上すべりし、後にはそれと関係のない、十年一日のごとき人間だけが残る。特に大した人物とも思えないが、信じていいように思われる。で、私は信じる。それで間違ったことは一度もないのですが、それはこっちのお人好しのせいとしても、反対に、少しも嫌いではない人間ににくまれる場合もあるのですから、世の中は複雑です。

が、実は複雑でも何でもない。マッチはマッチでも、すり方がまずければつかないだろうし、梅雨時だとしめっていることもありましょう。たとえば旦那様なんてものは、どこの家でも大抵いばっている。外でどんな顔をしてるか、奥さんは知らないし、何をやっているかわかったものではない。それにもかかわらず、自分の夫はこういう人だと、大づかみに受け取っている何かがあるに違いない。けんかしようと、仲がよかろうと、それが夫婦というものでしょう。長年の付合いがそういう「関係」をつくり上げてゆく。友人の仲でも同じことで、そんな不確かなもので支えられている以上、取扱いには細心の注意を要する。まずは、他人以上の他人と思って間違いはない。うっかり吐いた言葉から、仲違《なかたが》いするのは、決して珍しいことではありません。

どんな人間にも、気やすめは必要でしょうが、単なる気やすめのために親切をほどこして、不和になった例はいくらでもあげることができます。一回、二回は感謝する。四回、五回ともなれば当り前のことになる。八回目に、何かの都合で断って、ひどく恨まれた。きわめて正当な報いであります。はじめから誠意なんか皆無だったのだ。ほんとうの愛情は、人をひき上げることに専心すべきで、怠惰におとしいれることではないでしょう。人を甘やかすのは、自分が甘えっ子なのだ、そう気がつくのに私もずいぶん長くかかりましたが、一つには弱気から、一つにはいい子になりたいため、無意識のうちにどのくらい安易な親切をふりまいているかわかったものではありません。

西洋では、小さな子を育てるのにスパンクということをします。お尻を打つのです。それがヒステリイの発作からでなく、親身な冷静さをもって行われる時、これほど効き目のあるお薬はない。口でいうより、身体が覚えるからです。が、今の日本では、まずお尻が打てる親はいない。叱ることさえこわごわです。お断りしますが、私は暴力を勧めているのではありません。西洋でやるから日本でもしろというのでもありません。ほんとはスパンクなんてどうだっていいのです。ただ「今どきの若者」のことをいう前に、そんな困り者に育ててしまった原因を大人は考えるべきではないでしょうか。おそるおそる怒るから、怒ったあとでおべっかを使う。みな自信のない証拠です。それではみすみす純真な心に、人を甘くみる習慣を植えつけることになりはしないか。

劉備玄徳《りゅうびげんとく》に仕えた徐庶《じょしょ》は、親孝行で有名な人でした。どうにかして自分の部下にほしいと思った敵方の曹操《そうそう》は、ある日、いつわって母親の偽文を書き、彼の所へ送って、おびきだすことに成功しました。お前が曹操の所へ来てくれなければ、わたしが殺される、そういう意味の手紙だったのです。とるものもとりあえず、駆けつけてみると、老母はもってのほかの御機嫌で、日頃教えしかいもなく、偽筆の文にだまされるとは何ごとか、母を知らぬもほどがあると、いくら謝っても聞き入れず、いきなり立ち上ったと思うと、隣の部屋で首をくって死んでしまった。まことにあっさりしたものです。

同じような話に、漢の武帝に仕えた朱買臣《しゅばいしん》という人は、長いことうだつが上らなかった。貧乏なくせに働かず、毎日本ばかり読んでいるので、ついに愛想をつかした妻は出て行ったが、それでもさすがに哀れと思い、時には食物など恵んでいました。何十年もそうしているうちに、突然武帝の召しにあずかり、彼は太守《たいしゅ》に封《ほう》ぜられた。その行列が通るのを、故郷の人はあっけにとられて見送ったが、妻はそれから一月ばかりたって自殺した。自分の不明を恥じたのです。

彼らは決して命を粗末に扱ったわけではない、二つとない命の尊さを知ればこそ、失敗に終ることは許せなかった。悲愴な決心でも、立派な覚悟でもなく、それが生きるということでした。乱世だったからというのは理由にはならない。そういうことなら、現代の方がはるかに不安で、激しい時代といえましょう。ただ彼らは、過去をとり戻すことは絶対に不可能だ、そういう単純な事実を知っていたにすぎません。

蝶は、卵を生んでつとめを果したとたん死んでしまいます。ライオンは、空腹の時のほか獲物には見向きもしない。自然の記録映画が面白いのは、人間を遠いはじめの姿に還《かえ》して見せてくれるからで、私たちは別に、蝶々やライオンをそこに見ているわけではない。が、世の中が複雑になって来ると、生活の煩瑣《はんさ》に足をとられて、なかなか彼らのように、単純率直に行動できなくなる。行動しないとは、事実上の死を意味することで、二十日《はつか》鼠《ねずみ》が車を休みなく廻すからといって、生活している証拠にならないように、私たちも、忙しさにまぎれて、何がほんとに生きることなのか、わけがわからなくなってゆくようです。

先日、外国のある偉い人が、鵜飼《うかい》を見て、鵜の首をしめて獲物を吐かせるのは残酷だ、あんな野蛮なあそびはよした方がいい、といった話を聞きました。なるほど、残酷かも知れない、野蛮でもありましょう。が、漁に出る時のあの鵜の目玉をごらんなさい、喜びに耀《かがや》いているではありませんか。文字どおり鵜の目鷹《たか》の目で、羽をふるわせて、勇み立っている。彼らからあのスポーツをとり上げるのは、猟犬に狩をさせないと同じほどの残酷だ、私はむしろそう言いたい。漁が好きでなかったら、あきるほど魚を食べさせてくれなかったら、いかに動物でも何で主人になつきましょう。いや動物だからなおのこと確かです。喉をしめられる苦痛さえ、喜びの前ぶれのように感じられないという証拠はどこにもない。かわいそうというなら、鮎の方がはるかに気の毒なのはいうまでもありません。動物愛護のヒューマニズムが、そこまで及ばないのは、なんとも不可解なことですが、それはともかく、人間と動物の美事な交感、背景の山、水、かがり火、それに何よりもおいしい鮎、そういったものの綜合が野蛮なら、一体何を日本の文化に求めたらいいか。美しい山河と、気候に恵まれた私たちの自然への愛情、その一風変った打込みぶりは、しょせん沙漠の民には想像もつかない行為なのかも知れません。

今私は、ある種の苦痛は喜びの前ぶれのように感じられる云々と書きましたが、苦しみそのものを快感とする人々も、少くないように思われます。避け得られない悲劇ではなく、みずから招いた不幸です。私の知人に、しじゅう愚痴ばかりこぼしている人がありますが、少しも暮しには困らぬ結構な御身分です。たぶん暇すぎるのだろうと思い、適当な仕事を世話したところ、あべこべに怒られてしまった。自分には、立派な兄さんがいて、十分面倒を見てくれるのにそんな面当《つらあ》てみたいなことができるかと、私の世間見ずをさとされたのですが、そんなものかしら、私にはわからない。ただ一つわかっているのは、依然として彼女は幸福でないことだけです。地震がこわい嵐がこわい、病気になりはしないか、人にだまされはしないか、近頃では家の中に閉じこもって人にも会わなくなったという噂をききました。

またある女性は、美人で頭がよくて多くの人に愛されました。日本軍華やかなりし頃の上海《シャンハイ》で、女王様のようにふるまっていましたが、終戦になって帰京してみれば、東京は焦土です。友達もちりぢりばらばらで、生命をつなぐに忙しく、誰も彼女をかえりみようとしない。こんなはずはなかった。そこでふつうなら、何とか考え直すでしょうが、一度みた夢は一朝一夕に忘れられるものではないらしい。たまたま会社に世話する人があって、やってみましたが、「私にあんなつまらない仕事できると思って？」「あんなバカな社長の秘書なんかつとまると思って？」と毎日空ばかり眺めているうち、馘《くび》になってしまいました。彼女はいまだに転々としているようですが、食べるに困らないということ、美人に生れるということ、一番幸福をもたらすはずのそういうものさえ頼りにならないならば、何を信じたらいいのか、いよいよわからなくなります。が、まさしく私の目の前には緑の葉がそよぎ、栗の花咲く山には白波が立ち、今その山あいを農夫が一人鍬《くわ》をかついで消えて行った。それらのものが、まったく存在しないということは不可能だ、これはなんとも不思議なことではありませんか。そして、この平凡極まりない風景が、私の目前から、去って二度と再び還らぬ瞬間であることも。

だいぶ前の新聞に、こういう随筆がのっていました。

――自分は生れつき、大の山嫌いだったが、五十になって、突然山に魅せられる男となった。きっかけは、谷川岳で命をおとした長男の死である。遭難が疑いないものになった時、山岳会や地元の住民が捜索にのりだし、自分も現場へ駆けつけたが、そこで生れてはじめてみる登山家たちの熱意と無償の行動に激しい感動を受けた。

「今さら気がつくのもおかしいが、実際に見聞したことのなかった私には、まるで人生に新しい光がさしかけたと思われるくらいに彼らの行動に心を打たれたのである。私はもはやじっとしてはいられなかった。足手まといになると思いつつ、ただちに仲間に入れてもらい、休みの日には出かけて行って捜索に加わり、そのかいあって、遺体も自分で発見した。以来、五十男の胸に、山への関心はたかまり、初歩から習いはじめているが、一つには登山家たちの肉親をも越える愛情に心ひかれたこと、もう一つには、自分で山を知った上で、遭難防止の役にも立ちたいこと、さらに、若くして死んだ息子のかわりに方々の山へ登ってやろう、と思い立ったことなどが理由である。

だが、心ではそう思うものの体力には限度がある。それでも、やれるところまでやってみるつもりで、お世話になった山岳会に入れてもらい、すでにいくつかの険しい山にも登ることができた。そうして実地にやってみると、ずいぶん無茶な登山家が多いことに気がつき、山を楽しむかたわら、それへの防止も考えている。と同時に、息子の見果てぬ夢も実現させてやりたく、ちょっとてれくさくもあったが、遺品の登山靴をはくことにしている。少し窮屈だが、ピッタリ合う。こうすれば、私と一緒にせがれも登山したことになるような気がするのだ。というよりも、せがれが私を運んでくれるような気がするのである――」。

思わず長い引用をしてしまいましたが、筆者は加藤綾之助氏という、ふつうの会社づとめの人で、もう二、三カ月前の記事だったと思います。私はそれをとっておき、気が滅入るたびに読んでいましたが、そこにはこういう記事にありがちな、読者の同情を期待するような言は一つもなく、かえって勇気を与えてくれるものが見出せたからです。親として、参加するのが当然な捜索にも、「足手まといになるかも知れない」ことを心配し、息子の形見すら、身につけるのが「ちょっとてれくさくなる」。そういう節度に支えられた文章が、人に感銘を与えないはずはありません。が、何よりも私を動かしたのは、子供を先立てるという最大の不幸を、人生の楽しみに転じたことです。故人の冥福を祈るという美しい言葉が、こういうはっきりした行為に具体化するまでに、どれほどの苦痛を忍ばれたことか。

ルノワールは、晩年、神経痛を病み、両手の指の間に絵筆をはさんでしばりつけ、あの幸福な絵を描きつづけたと聞きます。ベートーヴェンは、耳を患《わずら》って「第九」を書き、人類の歓喜と希望を謳《うた》いあげました。不幸の裏づけのない幸福はない。だが、彼らの芸術は、病がさせたわざではないでしょう。どんなに苦しんでもなおつくらずにはいられなかった命の強さが、困難に打勝つことの喜びが、不朽の作品を生んだのです。

晩年の祖父

祖父樺山資紀《かばやますけのり》は、私が十二歳の時に死んだので、記憶にはよく残っている。が、いたって寡黙な人間であったから、自分のことは語らなかったし、面白い逸話といったようなものは一つもない。世間では、明治の元勲のようにいわれているらしいが、本人にそういう意識はまったくなかったようで、いつもこんな風なことをいっていた。

「ほんとうに立派な人たちは、みな明治の維新で死んでしまった。あとに残ったものはカスばかりだ」

と、そのカスの一人として、先人たちの抱いた理想を達すべく、精一杯に生きたのが、祖父およびその周辺の人々で、彼らは死んだ人々に対して、深い負い目を感じていたのではないか。明治維新史は、涙なくしては読めない悲劇の歴史であるが、ことに薩摩の軍人にとっては、神様のように崇拝していた西郷隆盛を、敵に廻して戦わねばならなかったことは、生涯の痛恨事であったに違いない。西南の役で、陸軍参謀長として戦った祖父は、

「セゴドン（西郷さん）の陣には、大砲の弾がなくなって、しまいには石のつぶてが飛んで来た」と、沈痛な面持で語ったことがある。

祖父はその前にも台湾出兵や、戊辰《ぼしん》戦争に従軍しているが、日清戦争では、忽然《こつぜん》と陸軍から海軍軍令部長に転身し、その頃はまだ日本には軍艦がなかったので、西京丸という商船に乗って出動した。むろん海戦に対する知識など一つも持合せてはいなかったであろう。敵艦を発見すると、いきなり西京丸を横づけし、軍令部長みずから太刀を抜き、先頭に立って切り込むという野蛮さだった。ろくな大砲も水雷も持たなかった時代には、素手で戦うほかなかったに違いない。

私の里の家には、その頃の錦絵がいくつもあった。西南戦争では、祖父の足元で爆弾が炸裂し、「その時樺山参謀長少しも恐れず」とか、また日清戦争では、血まみれになって戦っている姿が描いてあった。

「おじいさま、ほんとにこわくなかったの」。

そう私が聞くと、

「そりゃこわかったさ。腰がぬけるほどこわかった」

と、笑いながら答えた。こわいことがこわいといえる人が、ほんとうの豪傑というものだろう。豪傑とか英雄と呼ばれることが祖父は嫌いだったが、日常の生活も、至って穏やかなものであった。祖母は口やかましい女であったが、柳に風とうけ流し、父（樺山愛《あい》輔《すけ》〕は子供の時から一度も叱られたことはないといっていた。孫の私に対しても、ふつうのおじいさんのようではなく、ただ優しい眼で遠くから見守っているという風であったが、何かしら大きな愛情に包まれているという安心感があった。ここに掲げた写真には、そういう祖父と孫との間の自然な感情の交流が見出せるように思う。

この写真を撮影してから四、五年後に、祖父は脳溢血で倒れた。八十三歳であった。宮中に参内《さんだい》するとかで、その時も大礼服を着ていたが、私が駆けつけた時はベッドの上で、昏睡状態におち入っていた。親類縁者は集って、葬式の準備をしていたが、いつまで経っても生きている。一週間も生きつづけた後、ぽっかり昏睡から醒めた。むろん半身不随にはなっていたものの、それからの更生には目ざましいものがあった。当時は現代のようなリハビリテーションも発達してはいず、家で療養につとめていたが、自力でめきめき快復して行った。千軍万馬《ばんば》の中で鍛えた精神力が、病を克服したのであろう。

晩年は大磯の海岸に住み、そこから山手の農場へ歩いて通うのを日課としていた。はじめは苦しそうにひきずっていた足も、次第にふつうに運べるようになり、ふるえていた手に、筆を持つこともできるようになった。家にいる時は、漢詩を作っており、黙々と書を書いている時もあった。祖父は毎朝浜べに出て、潮水で口を洗ったが、「太平洋の水でうがいをすると気持がいい」と語り、「あの向うにはアメリカがあるのだ」と、私に指さして教えてくれた。朝食の時に、パンとハムエッグスをこまかく刻み、窓べに来る小鳥に与

著者５歳のころ、祖父・樺山資紀と。　　写真提供・武相荘

えていた姿も忘れられない。それは闘病に堪えているというより、むしろ楽しんでいるようにさえ見えた。愚痴もこぼさず、苦しみも訴えず、最期の時まで穏やかな微笑をたたえて、大往生をとげたのは、それから三年後の八十六歳の冬であった。今、残り少い人生の終りに当って、静かに命を完《まっと》うすることが、人間にとってどんなにむつかしく、大切なことか、祖父の晩年を見るにつけ、思うことしきりである。

私の墓巡礼

墓とはいったい何なのだろう。

私たちがよく知っているものでも、いざ書いてみようとすると、何もわかってはいないことに気がつく。辞書を見れば、墓は「死体・遺骨を葬る場所」と、いとも簡単に記してあるが、必ずしも死体・遺骨が入っていない場合もあり、小野小町や和泉《いずみ》式部のように、日本全国に数え切れないほど墓のある人たちもいる。そうかと思うと、藤原道長《みちなが》のような有名人でも、墓の所在がわからぬ人物もおり、まことにはかないとしか言いようのない有様なのである。先日、私は国東《くにさき》半島へ遊びに行き、山の奥や畑の中にみごとな宝塔や宝篋《ほうきょう》印塔《いんとう》が林立するのを見て帰って来たが、その殆んどが誰の墓だか知る由もなく、はかないことでは同じであった。

私の住んでいる村では（今ではれっきとした町であるが）、つい最近まで土葬が行われていた。そして、墓は家の裏山にあった。一度そこでお百姓さんの墓掘りに出会ったことがあるが、葬儀屋などは頼まずに、親戚や近所の人たちだけで埋葬していたのは、親しみのある風景であった。そこまではよかったが、一メートルも掘らないうちに頭蓋骨が出て来た。私はぎょっとしたが、彼らは平然としていた。

「こりゃあ、××じいさんの頭だべ。元気なじいさんだったが……、死んだのはいつだっけな」

まるでハムレットの舞台面のような会話がしばしの間つづいていたが、やがて墓掘りが済むと、頭蓋骨を土の中に戻し、その上に新仏の棺《ひつぎ》を置いた。まるで何事もなかったかのように。

そこでまたしても私は、墓とは何なのだろうと考えこんでしまうのだが、私の知っている一番古い墓は、熊野《くまの》市有馬《ありま》町にある「花の窟《いわや》」である。『日本書紀』に、イザナミノミコトが亡くなった時、そこに葬ったと伝え、土地の人々はこの神の魂《みたま》を、「花の時には亦《また》花を以《もっ》て祭る。又鼓《つづみ》吹《ふえ》幡旗《はた》を用《も》て、歌ひ舞ひて祭る」とあり、巨大な岩壁の前に簡単な祭壇がしつらえてある。岩壁のてっぺんからは太い縄がさがって下の方の松の木に結《ゆわ》えてあるが、その縄からまた何本も細い縄が垂れて花が結びつけてある。お参りの人たちは、その縄にすがって花を供え、いわゆる「結縁《けちえん》」ということを行うのであろう。むろん結縁などという言葉は仏教から出たもので、古くは祖先の霊と合体することを意味したに違いない。

だが、「花の窟」はどう見ても墓場のようには見えない。場所は熊野灘《なだ》の明るい風光の中にあり、巨巌《きょがん》の正面に当るところはいくらかえぐれているが、洞《ほこら》というほど深くはなく、自然に風化したのではないかと思われる。ともかくそこが祭り場であることは確かで、もしそうとすればイザナミノミコトの遺体は、ここに置かれ、置かれたままで鳥葬か風葬に付されたのであろう。

イザナギノミコトが黄泉《よみ》の国へ追いかけて行った時には、死体は既に腐乱し、膿《うみ》が沸き蛆《うじ》がたかっていたというのも、こういう所ならうなずける。また、最後には「千人所引《ちびき》の磐石《いは》を以て」あの世とこの世をへだてたというのも、山のように巨大な一枚岩に接すれば、それが結界もしくは断絶を意味したことは一目瞭然である。そういえば南紀の地方には古墳は一つもない。古墳を造るかわりに原始的な鳥葬や風葬を天国へ至る近道と信じたのであろう。そういう思想から補陀落渡海《ふだらくとかい》の信仰が生れたのは当然のことで、もしかすると鳥葬や風葬とともに、水葬も古くから行われていたのではあるまいか。神武天皇の兄のイナヒノミコトとミケイリノノミコトは、暴風を鎮めるために熊野の海に入水《じゅすい》し、常世《とこよ》の国へ往《い》って死んだという。黄泉の国も、常世の国も、この世のつづきにあり、山や海によってへだてられていたにすぎない。それほど彼らは自然とともに在り、自然の中に生きていたというべきだろう。

勝浦の近くには補陀落山寺《ふだらくせんじ》があり、観音が住むという補陀落山へ向って船出し、生きながら命を落とした人々の墓が建っている。その中には平維盛《これもり》の墓もあるが、入水して果てたのだから遺体が入っている筈はなく、厳密にいえば墓ではなく、「供養塔《くようとう》」と呼ぶ方が正しい。後世になると、寺の住職が死ぬと船に乗せて流したらしく、文字どおりの水葬であったから、渡海人の墓はすべて供養塔であると解していい。神代の常世の国が、観音浄土に姿を変えただけで、熊野では古代の伝統がずっとつづいていたのである。

だいたい墓と供養塔の区別がつきにくいのはどこでも同じであって、もとは「両墓制」から起った形式に違いない。両墓制については学者の間でも意見がわかれているようだが、簡単にいえば、死骸を埋める場所と、霊魂を祀《まつ》る場は別のところで、前者を「三昧《さんまい》」とか「埋墓《うめばか》」といい、後者を「詣墓《まいりばか》」と称した。それも地方地方によって異なっており、今のように死体を埋めたところに墓石を建てるようになったのはよほど後のことらしい。民衆の間では、埋墓は山の上か、もしくはある特定の木の下《もと》で、それは死体の汚《けが》れを恐れたのと、古代の風葬の名残りと、自然の山や樹木を崇《とうと》ぶ習慣から生れたのだろう。京都の化野《あだしの》や近江《おうみ》の石塔寺《いしとうじ》などに無数に建っている小さな石塔や石仏は、近所から集めたものも多いであろうが、風葬以来の墓の歴史をよく物語っている。

近江の石塔寺の三重の塔については、今までにも度々書いたことがあるが、日本でもっとも大きく（七・六メートル）、もっとも古く（奈良時代）、もっとも見事な塔であると思う。『源平盛衰記』には、昔、天竺《てんじく》の阿育王《アショカおう》が投げた塔が日本に止どまったものであると伝え、土に埋もれていた石塔が平安時代に掘りだされたと記してある（「近江石塔寺の事」）。この伝説がまったく荒唐無稽ともいえないのは、阿育王は釈迦の入滅後、多くの仏塔を建設した人物で、土に埋もれていたのを掘り出したというのも、このように大きな石塔を造る場合は、穴を掘って下の方から石をだんだんに積み重ねて行き、最後に土をのぞいて全体の形が現れるようにしたからで、昔の人たちには奇蹟としか思われなかったであろう。川勝政太郎氏によると、これは墓でも供養塔でもなく、伽藍《がらん》の塔として建立《こんりゅう》されたものだろうといわれているが、広い意味では世界中に無数にある釈迦の墓と考えてもいいのであって、伽藍の塔でも仏舎利《ぶっしゃり》を埋めることが不可欠の条件であった。

石塔寺の塔は、誰が見ても日本古来の三重の塔とは異質なので、それで印度《インド》から飛来したなどという伝説も生れたのだと思う。近江の湖南には、百済《くだら》から移住した人々が住んでいたから、彼らが造営したことは間違いないが、かといって、慶州あたりの同形の石塔とも違うのは、自然の環境が石工の技術に影響を及ぼしたのであろう。それはたとえば「井戸の茶碗」などと同じように考えてもいいもので、柔らかい姿といい、石味のこまやかさといい、日本の石造美術の傑作だとすることに私は何の躊躇も感じない。

この石塔に匹敵するものは、同じく近江の関寺《せきでら》（今は長安寺）にある「牛塔《うしとう》」であろう。これも墓であるのかないのかはっきりしないが、平安時代に関寺を建てた時、ある人の夢に、材木を運搬していた牛が、迦葉仏《かしようぶつ》の化身であるというお告げをうけ、藤原道長や頼通《よりみち》をはじめ、多くの人々が牛を礼拝するために集まった。工事が終るとともに、その牛が死んだので、いっそう信仰を深めたということが、『栄花物語』と『今昔物語』にのっている。

大津から逢坂山《おうさか》へかかる手前の右側を少し入ったところにあり、見あげるように大きく(三・三メートル)、どっしりとした宝塔で、石塔寺の三重塔とは違い、どこから見ても和様で、おおらかな形をしているのが美しい。牛のためにこのような墓を造ったというのも面白いが、実際には迦葉仏の供養塔と信じて建立したのであろう。

立派な墓で記憶に残っているのは、佐藤継信《つぐのぶ》・忠信《ただのぶ》兄弟の十三重の石塔である。昔は東山の渋谷あたりの露地に建っていたが、のち個人の所有となり、現在は京都国立博物館の庭内に移され、堂々とした偉容を誇っている。

継信・忠信は陸奥《むつ》の国信夫《しのぶ》の里の名家の生れで、藤原秀衡《ひでひら》の命によって、源義経《よしつね》の家来となり、源平合戦に功績を立てた。兄の継信は、八島《やしま》の合戦で、義経の楯となって壮烈な最期をとげ、弟の忠信も、吉野山では義経の身替りとなって戦い、後に京都で頼朝《よりとも》の兵に攻められて自殺をとげた。もののふの鑑《かがみ》ともいうべき人物である。この十三重塔は、親族たちが彼らの供養のために建立したのであるが、生半可な財力ではこんな立派な塔が建てられた筈もない。先年、私は信夫の里に佐藤庄司《しようじ》の邸跡《やしきあと》を訪ねたが、そこにも兄弟の大きな墓が二基あって、かつての佐藤一族の栄光を物語っていた。

鎌倉時代には美しい墓が数多く造られたが、高山寺の墓地には、明恵上人《みょうえしょうにん》の墓をめぐって、どっしりとした宝篋印塔が並んでいる。こういうものも宝篋印塔と呼ぶのかどうか私は知らないが、その原始的なかたちといってもいいもので、実に雄大な姿をしている。

私が『明恵上人』を書いたのは、今からもう三十年近く前のことで、その頃はお願いすれば上人の墓も拝ませて頂けた。が、現在は覆堂《さやどう》の中に入ったきり見ることはできない。雨露に会わないので、今できたように真白く、美しい五輪塔であったが、これらの宝篋印塔はそのまわりに、あたかも生前の明恵につき従うが如く建っているのが印象的である。

その頃お参りした文覚《もんがく》上人の墓も忘れられない。文覚は明恵の師匠で、神護寺に住んでいた。墓はその裏山にあると聞いたので、登って行くとガランとした草原に辿りついた。数年前に山火事に会ったとかで、木の一本もない原っぱの中にぽつんと建っている墓は、文覚の一生を表しているようで寂しかった。が、愛宕連峯《あたごれんぽう》を見おろしている風景は爽やかで、鎌倉時代といっても、藤原の面影を多分に残している五輪塔は優雅であった。

ところが今度撮影した写真を見ると、墓のまわりに立派な柵がめぐらしてあるのみか、厳重な扉までついている。これでは昔の風趣を味わうことは不可能だが、万事につけてそんな風に大げさになって行くのが、成金日本の姿なのかも知れない。

神護寺から愛宕の旧街道を下りて行くと、嵯峨《さが》へ入る。嵯峨の清涼寺《せいりようじ》（釈迦堂）には、藤原・鎌倉時代の板碑や、嵯峨天皇と檀林《だんりん》皇后と源融《とおる》の供養塔などがあるが、このあたりから二尊院へかけては、有名無名の墓が無数に見出される。

先に記した化野念仏寺もその途中にあり、東の鳥辺山、北の蓮台野《れんだいの》などとともに、昔はここで風葬が行われていた。明恵上人が十三歳の時、修行がはかどらないのを嘆き、身を捨てて狼に食われようと思い、「三昧原へ行きて臥《ふ》したるに」と伝記に記してあるのも化野のことだろう。

祇王寺《ぎおうじ》は、二尊院から北へ入った静かな山麓にあり、平清盛に愛された祇王・祇女が、仏御前の出現により俄かに寵《ちよう》がおとろえたことを悲しんで、嵯峨に隠棲《いんせい》したことは『平家物語』に哀れ深く語られている。紅葉の林の中に建つ二基の墓は、祇王・祇女のものといわれるが、五輪の塔の方は清盛の供養塔とも伝え、もみじの散る頃はことに風情がある。

祇王・祇女は近江の野洲《やす》郡江部《えべ》の庄《しよう》の生れで、故郷のために心をつくしたらしく、「祇王村」と呼ばれており、「祇王の井」とか「祇王堰《せき》」などと称するところが、今でも大切に保存されている。何という寺であったか忘れたが、ここでも祇王・祇女の墓を見た覚えがあるが、明らかにそれは後世に建てられた供養塔で、嵯峨の祇王寺のが当時のものだと思う。

そういえば、仏御前の墓にもお参りしたことがある。仏御前は加賀の出身で、小松の近くの「仏の原」の山中に墓があり、鎌倉時代のみごとな五輪塔であったが、村でも知らない人たちは多く、探すのに苦労したことを覚えている。

嵯峨で印象に残っているのは、常寂光寺《じようじやつこうじ》にある早川幾忠《いくただ》氏の墓で、早川さんは生前にこの寺の風景を愛し、何枚も絵に描いておられた。連れて行って頂いたことも二度ほどある。昔から住職とも親しく、死んだらここへ埋めて貰うのだとたのしそうに話されたが、お墓へは一周忌の時に、長男の聞多さんが案内して下さった。

墓石は何の飾りけもない長方形の花崗石《みかげ》で、「父は藤村《ふじむら》のようかんが好きだったので、その形にしました」と聞多さんはいわれた。いかにも江戸っ子の早川さんらしい簡単明瞭なお墓で、気持がいいので印象に残っている。

嵯峨にはそのほかにも厭離庵《おんりあん》に藤原定家の子、為家《ためいえ》の墓がある。一株の榊《さかき》を植えて墓標とし、そのかたわらにささやかな五輪塔が建っている。榊があるところが埋墓に相当するもので、五輪塔は供養のため、もしくは詣墓を意味しているのかも知れない。が、ここではそんな風にわける必要もあるまい。鎌倉時代になると、墓のあるところには必ず木が植わっており、古代の自然信仰の名残りを止どめているとともに、そこが聖地であることの目じるしとなっていたに違いない。

大原の寂光院はいつも観光客で賑わっている。だが、建礼門院のお墓に詣でる人は意外に少い。正しくは「建礼門院大原西陵」と呼ぶが、そんな御大そうな名前より、ただお墓と呼んだ方がふさわしい。それは寂光院の背後の山の木立にかこまれて、小さな五輪塔が建っているだけである。

思ひきや深山《みやま》の奥に住ひして雲井の
月をよそに見んとは

と詠じた女院《にょういん》は、平家が壇の浦の合戦に敗れた時、安徳天皇とともに入水されたが、源氏の兵に救助され、都へ還って剃髪《ていはつ》した後、大原の地に身をかくされた。時に女院は二十九歳。まことに波瀾にみちた一生であった。

『平家物語』「灌頂の巻《かんじょう》」は、「女院御出家の事」から「女院御往生の事」に至る五章に、女院の生涯がくわしく記されており、平家琵琶では大切な奥儀《おうぎ》となっているらしい。お能の「大原御幸《おはらごこう》」も、平曲に題材を得たもので、後白河法皇が寂光院を訪れて、女院から親しく六道（地獄、餓鬼、畜生、修羅《しゅら》、人間、天上）の苦しみを聞くことが主旨になっている。その中に歌われた「朧《おぼろ》の清水」、「芹生《せりょう》の里」の風景などが横糸となって、青葉まじりの遅桜や、池水に映る藤波に彩られた寂光院のえもいえぬ風情をかもしだす。紅葉の時も美しいが、青葉に香る晩春の頃が、女院を偲ぶにはふさわしい季節だと思う。

京都の周辺に源平時代の人々の墓が多いのは、その頃から石塔を造る風習が一般的になったためであろうが、平曲の流行によって、平家の人々に同情をよせたこともあるのではないか。中でも哀れをもよおすのは平重衡《しげひら》で、治承四年（一一八〇）十二月、東大寺を焼き払った後、一の谷の合戦では源氏の兵の生捕りになり、鎌倉へ護送されることとなった。平曲では大将の器に適さないひ弱な公達《きんだち》のように描かれているが、藤原兼実《かねざね》の『玉葉《ぎょくよう》』には、「武勇の器量に堪ふる」人物と記されているから、世間の人々が快く思わなかったのは、もっぱら東大寺を焼亡させたことによるのであろう。

やがて平家が壇の浦で滅びると、重衡は鎌倉から南都の衆徒《しゅと》の手に渡り、木津川のほとりで首を斬られ、その首は般若寺《はんにゃじ》の門前に晒《さら》されたという。かつて東大寺に火をかけた時、重衡はそこに立って奈良の都が炎上するのを眺めていたのである。

重衡の供養塔は、木津町の安福寺《あんぷくじ》に建っているが、その墓は京都の伏見区石田大山町にあり、石田のバス停から日野の方へ行ったところの団地のはずれにある。この度撮影した写真では、いくらか整頓されてきれいになっているが、昔、私が行った時は見る影もない有様で、民家の壁の間に、崩れた五輪塔が、身をよせ合うようにして建っているのが哀れであった。

なお『平家物語』には、「骨《こつ》をば高野へ送り、墓をば日野にぞせられける」と記してあるから、これも詣墓の一種であったかも知れない。或いは、首だけ高野山へ送ったのでもあろうか、今となっては知る由もない。

こうして書いてみると、私はお墓ばかり参っていたように聞える。が、実際にはこの何倍も、何十倍も見て歩いたような気がする。一つには、歴史に興味を持っていたためもあるが、石造美術を見るのが好きだったことにもよる。苔《こけ》むした石味の美しさ、風化によって崩れた形の柔らかさには、日本の焼きものや漆器にも共通するものがあり、それ以上に石そのものに備わった力強さとか重厚さに心をひかれた。

そういう意味では、大徳寺聚光院《じゆこういん》にある利休の墓に止どめをさす。利休の墓は大徳寺の本坊にもあるそうで、例によって墓だかどうか判らないのだが、利休が生前に愛したもので、もと船岡山の火葬場にあった高麗《こうらい》の石塔をゆずり受け、中をくりぬいて茶室の灯籠《とうろう》に仕立てたという。その祟《たた》りによって切腹したという言い伝えもあり、とかく美しいものには妖しい物語がつきまとっている。

三年前に白洲次郎が亡くなった時、今までぼんやり眺めていた墓の数々が、私の目の前によみがえった。墓を建てる必要が生じたからである。

あれこれ考えているうちに、次郎には少し悪かったけれども、たのしみになって来た。いかなる場合にも、めそめそしているより、たのしむことの方が大事だというのがわが家の家風だからである。私は自分で墓の下絵を描いてみたり、墓碑銘を考えたりしている間に、次第にイメージが湧いて来た。あまり大げさでもいやだし、さりとてあり来たりの墓でもつまらない。というわけで、五輪塔の板碑《いたび》を造ることにした。そんな形式があるのかどうか私は知らないが、五輪塔の形をした板碑という意味である（一四八ページ写真）。

幸い私には多くの職人さんの友達がおり、植木屋の福住さんが黒小松の古いのを持っていたので、それを使うことにきめ、彫刻は石工の高木辰夫《たつお》さんに頼むことにした。

ほんとうは次郎が「俺の墓」と書くつもりで、いかにも彼らしくて面白いと思っていたが、それは果たさずに終ったため、不動明王の種子《しゆじ》（梵字《ぼんじ》）を彫った。ついでに私の墓も造って貰ったので、その方は十一面観音の種子にした。別に観音さまを信仰しているわけではないが、前に『十一面観音巡礼』という本を書いた御縁による。

それでもさしさわりがあるといけないと思い、回峯行《かいほうぎよう》の光永阿闍梨《あじやり》にうかがうと、「似合っていれば何でも構わない」といって下さったので、安心してそのようにした次第である。完成したのは一周忌の頃で、土壇を築くのも、墓石を建てるのも、みなお手の物の友達だけでして下さったのはうれしかった。次郎もきっと喜んでくれたと思う。

はじめは花筒も線香を立てる台もなかったが、それらはだんだんに揃えて行った。墓は兵庫県の三田《さんだ》にあるが、丹波に近いので陶土があり、福森雅武《まさたけ》さんが墓の土で花立てを造り、線香を立てるのには陶器のサヤを用いた。形ばかりの祭壇も出来たし、休むための縁台も作ったので、今は人を待つばかりである。その人とは、もちろん私のことであるのは断わるまでもない。

ついでのことに書き加えておくと、兵庫県の三田では遠すぎて、墓参して下さる方に迷惑をかけるため、私が住んでいる家の一隅《いちぐう》にも小さな墓を建て、次郎が生前に愛した食器その他、こまごましたものを埋めた。別に供養塔とか詣墓を気どったわけではなく、偶然私が持っていた鎌倉時代の三重塔が役に立った。私が留守の時でも、花が供えてあったりして、ひそかに参って下さる方たちがあるのをかたじけなく思っている。

三田市「心月院」。白洲次郎、正子の墓。
撮影・野中昭夫　写真提供・武相荘

死

古代の人々は死というものをどのように考えていたのであろうか。今でも死という言葉はなるべく避けて、永眠・長逝《ちょうせい》・逝去・百年の祓《はらえ》などとやわらかくいいなす習慣があるが、『古事記』の神々の場合はただ「身を隠したまひき」だけで、どのようにして死んだとも、どこへ行ったとも記してはいない。

それがややはっきりしてくるのは、イザナギ・イザナミの二神からで、『古事記』によると、多くの神々を生んだのち、イザナミノミコトは火の神のお産ではほとを焼き、黄泉の国へ「神避《かむさ》り坐《ま》しき」とある。そして、出雲《いずも》と伯伎《ははき》の国の境の「比婆《ひば》の山」に葬られたと伝えているが、『日本書紀』では紀伊の国熊野の「有馬村」であるとし、現在でもそこが墓とみなされ、毎年祭りが行われている。

黄泉の国へ行くには黄泉比良坂《よもつひらさか》を通らなければならないが、そこには「千引《ちびき》の石《いわ》」と名付ける大磐石《だいばんじゃく》がこの世とあの世を隔てているので、容易に越えることはできない。記紀のこの条《くだり》には、イザナギとイザナミの、換言すれば生と死の、あるいは男と女の闘争が象徴的に語られている。ただ古代人にとってこの世とあの世は、同じ次元にあってどこかでつながっており、必ずしも往来不可能なところではない。このことは、のちに仏教が入ってきてもかわらなかったので、日本人の根本にある思想ではないかと思っている。

今も昔も死が恐ろしいものであることにかわりはないが、古代の人々にはそれ以上に死は醜悪な穢《けが》らわしいものであり、なまじ身近にあるためになんとかして隔てたいと思っていたにちがいない。山のような墓を築いたり、古墳を石でかためたりしたのも、「千引の石」の伝統であるように思われる。そういう信仰も、万葉時代になるとうすれてきて、恋の歌に転用されるようになっていく。

あが恋は千引の石を七《なな》ばかり
首にかけむも神のまにまに
大伴家持《おおとものやかもち》（『万葉集』）

「千引の石」を七つも首にかけるというのだから大変な苦しみであろう。そんな苦しみをしてもいっしょに寝たいという意味であろうか。『万葉集』に死をうたったものは無数にあるが、そのほとんどが恋の歌で、死を題材に現実の生活を謳歌したものが多い。それほど健康で幸福であったともいえるが、じっと座って死をみつめた歌など皆無にひとしい。笠女郎《かさのいらつめ》の「思ひにし死にするものにあらませば千《ち》たびぞわれは死に返らまし」「天地《あめつち》の神の理《ことわり》なくはこそあが思ふ君に逢はず死にせめ」の二首も、思う人に逢うことを死ぬほど烈《はげ》しく願った歌で、千度生き返っても望みを果たしたいという熱情にあふれている。

記紀や『万葉集』にいう黄泉の国は、むろん中国から渡った言葉で、地の色を黄色と解することに出ており、地下の泉から、ひいては死者の行くところをいった。『万葉集』の挽歌《ばんか》や哀傷歌にはたびたび出てくるが、なかでももっとも美しいのは黄泉を山吹の咲く泉にたとえた高市皇子《たけちのみこ》の「山吹の立ちよそひたる山清水汲みに行かめど道の知らなく」の歌であろう。これは十市皇女《とおちのひめみこ》が亡くなったとき、黄泉への路《みち》がわからないと嘆いた歌で、漢語をやまと詞《ことば》に置きかえることによって死を美化している。「雲がくれ」「草葉の露と消える」「玉の緒絶ゆ」などという優雅な詞が考えられたのもそのころからで、すぐれた歌人の創作によることはいうまでもない。

「百伝《ももづた》ふ磐余《いはれ》の池に鳴く鴨を今日のみ見てや雲隠《くもがく》りなむ」（『万葉集』）には、「大津皇子、死を被《たまは》りし時に、磐余の池の堤にして涙を流して作らす歌一首」の詞書《ことばがき》があり、実に沈痛な調べではあるが、さりとて人を陰鬱な気持にさせるような暗さはなく、わが身を孤独な水鳥に託した表現は、たとえようもなく哀れで美しい。だが、このような歌はまれで、死に関するかぎり『万葉集』の特徴は、つぎのような歌に代表されていると思う。

この世にし楽しくあらば来《こ》む世には
虫に鳥にもわれはなりなむ

大伴旅人《たびと》（『万葉集』）

生ける者《ひと》つひにも死ぬるものにあれば
この世にある間《ま》は楽しくをあらな

（同　右）

だがこれはのちに兼好法師が、『徒然草《つれづれぐさ》』のなかで「人皆生を楽しまざるは、死を恐れざる故《ゆゑ》なり。死を恐れざるにはあらず。死の近き事を忘るるなり」といった言葉とは似て非なるもので、旅人の望みが単純に現世の享楽にあるのに対して、兼好のそれは人生を知る悦びにある。人間は必ず死ぬものと旅人は知っていたが、漠然とそう思っているだけで、ちっとも死をみつめてはいないし、自覚してもいない。まさに「死を恐れざるにはあらず、死の近き事を忘るるなり」で、これは現代にも充分通用する名言といえよう。

つとにこのことに気づいて愕然としたのは平安初期の在原業平《ありわらのなりひら》である。

病して弱くなりにける時よめる

つひにゆく道とはかねて聞きしかど
昨日今日とは思はざりしを

在原業平（『古今集』）

『伊勢物語』では最後の段に載っているが、「むかし男わづらひて、ここち死ぬべくおぼえければ」と、いくぶん説明的な詞書になっており、（『大和物語』*では）終りに、「と、よみてなむ、たえはてにける」とつけ加えてある。そのために一般には辞世の歌のように思われているが、そうではなく、やはり『古今集』の詞書のように、病で気が弱くなったとき詠《よ》んだというのが正しいにちがいない。

業平は当時の常識として、仏教の思想とも無縁ではなかったと思うが、わざとおおげさな表現は避けて、素直に自分の気持を述べているのが美しい。なかなか歌はこんなふうには詠めないものである。ことに人生の一大事である死に関しては、えてしてりっぱなことがいいたくなるものだが……。『万葉集』の大津皇子と並んで、業平は『古今集』を代表するやまと歌の名手といえるであろう。

『古今集』第十六哀傷歌の巻は、在原滋春《しげはる》の「かりそめのゆきかひ路とぞ思ひこし今は限りの門出なりけり」の歌で終っている。

滋春は、業平の次男で、甲斐《かい》の国に知人がいたので、訪ねようとして下って行ったが、途中で急に病気になり、今わの際《きわ》となったので、母に持って帰って見せるようにいいつけて詠んだという。「かりそめの旅と思っていましたのに、それが生涯での最後の門出となりました」という歌で、「ゆきかひ路」に甲斐路を掛けてある。これぞまさしく辞世の歌であることにまちがいないが、滋春の心の底には業平の作があったらしく、なんとなく二番煎じのきらいがある。正真正銘の辞世が迫力に欠け、そうでない方が本物のように感じられるのは、力量の違いでいたし方ないが、それにつけても死について感懐を述べることは至難の業なのであろう。

願はくは花の下にて春死なん
そのきさらぎの望月《もちづき》のころ
西行（『山家集』）

これはよく知られた西行の歌であるが、実はこれも辞世ではない。詠んだのはおそらく若いときで、桜の花を愛《め》でるあまり、陰暦二月の満月のころ、盛りの花のもとで死ねたら本望だといったのである。ところが、西行は建久元年（一一九〇）二月十六日、その願いどおりに七十三年の生涯を閉じた。奇《く》しくもその日は、釈迦入滅のころにあたっていたので、都の人々は感動して多くの歌を詠んで讃嘆した。特に藤原俊成《しゆんぜい》は、『長秋詠藻《ちようしゆうえいそう》』に長い文章を書き、「願はくは」の歌を引いて、西行がこのように詠んだのをおもしろいと思っていたが、つぃに二月の望月の日に終りを遂げたので、「いとあはれにありがたくおぼえて、物に書きつけ侍《はべ》る」といぅ詞書のもとに、「願ひおきし花のしたにてをはりけりはちすの上もたがはざるらん」と、極楽往生疑いなしといったので、いよいよ有名になり、西行の辞世と信じられるにいたった。実際にも辞世のような顔をしているのだから、いっこうにかまわないことであるが、業平と同じような誤解を受けているのは、偶然の一致とはいえないであろう。

西行は死について多くを語らなかったが、それはつねに死を覚悟していたからというより、死が親しいものであったためで、月・雪・花に対しても、そのつど辞世と思って詠んでいたにちがいない。たとえば、「うらうらと死なんずるなと思ひ解けば心のやがてさぞと答ふる」(『山家集』)の歌などは、「願はくは」の歌よりいっそう柔軟で、身軽で、自由自在な彼の生き方を物語っていると思う。

結局死を語ることは、生を語ること――いかに生くべきかを知ることにほかならない。西行も、兼好も、そういうことをいっているのである。

だが、現代になると、死をみつめることはむずかしくなる。医学の進歩で人間が長生きするようになったためと、日本のように平和な国に住んでいると、死はどこか遠くの方にある存在で、忘れていることが多くなる。忘れているならまだしも自分とは無関係なもののようにみえ、結果として知らず知らずのうちに精神が弛緩してくるような気がしてならない。人はハンコで押したように、生活が豊かになったために精神的なものを失ったというが、「衣食足りて礼節を知る」の譬《たと》えもあるとおり、過去の経験からいっても、豊かな暮しのなかから文化は生れているのである。

「人生五十年」が百年になろうとも、夢幻《ゆめまぼろし》であることにかわりはなかろうが、なにもかもあまりに現実主義に徹したあげく、この世が夢幻であることを忘れたところに現代の欠陥は生じたのだと思う。昔は人生の「一大事」といえば死ぬことを意味した。西行も兼好も、死ぬことのために生きたといっても過言ではあるまい。べつに坊さんたちにかぎるわけではない。「昨日今日とは思はざりしを」とうたった業平にしても、恋に命をかけた万葉歌人にしても、つねに死が念頭にあったから生きることをだいじにしたのである。

大伴旅人の歌などは、たんなる快楽主義のように聞えるし、事実そうであったにちがいないが、同じ楽しむにしても、現代人のように楽しみを粗末にしたのではなかった。前述の歌は「酒を讃《ほ》むる歌十三首」の連作のなかの二首であるが、「夜光る玉といふとも酒飲みて情《こころ》をやるにあに若《し》かめやも」という作もあり、得がたい宝物より、酒とつきあうことに心身を傾けていたのである。

自殺や事故のニュースが報道されるたびに、「命を大切にしろ」「命の尊さを思え」という掛け声だけはかまびすしいが、そのかまびすしさが静かに死を想うことから遠ざけている。今は命を大切にすることより、酒でも遊びでも恋愛でもよい、命がけでなにかを実行してみることだ。そのときはじめて命の尊さと、この世のはかなさを実感するだろう。やたらに命を大切にしてみたところで、それは自分を甘やかしているだけで、得るものはなにもないと私は思っている。

＊一五三ページの「(『大和物語』では)」は編集部注です。

ツキヨミの思想

河合隼雄《はやお》氏がNHKテレビで、十二回にわたって「現代人と日本神話」について語っていられる。

その中でもっとも私の興味をひいたのは、「中空構造」という思想であった。いきなり中空などといっても通じないと思うが、神話に例をとると、日本の神さまは三人一組になって生れることが多く、真中の神さまは、ただ存在するだけで何もしない。たとえばアマテラスとツキヨミとスサノオは「三貴子」と呼ばれるが、アマテラスは太陽（天界）、スサノオは自然の猛威（地下の世界）を象徴するのに対して、夜を司《つかさ》どるツキヨミだけは何もせず、そこにいるだけで両者のバランスを保っている。

次のホデリ（海幸彦）、ホスセリ、ホオリ（山幸彦）の三神も同様で、真中のホスセリだけは宙に浮いていて、どちらにも片寄らない。いわば空気のような存在なのである。

はじめて河合さんにお会いした時、私に話されたことを思い出す。深層心理学の先生が、クライアント（患者）に対してどのように接するのかうかがってみたところ、このような答えが返ってきた。

「若い時は、自分で相手の病いを直そうと思って一生懸命になった。だが、この頃（その時先生は停年に近かった）は、自分の力なんか知れたもので、わたしは何もしないでも、自然の空気とか風とか水とか、その他もろもろの要素が直してくれることが解った。ただし、自分がそこにいなくてはダメなんだ。だまって、待つということが大事なんですよ」

まるで昔の坊さんのようなことをいう方だと思ったが、更につづけて、「わたしはそういう方法をとっているが、外国人や日本の若い人たちは、自分の力で直そうとやっきになっている。人はそれぞれ自分のやり方でやればいいんです」といわれたので、よけい感銘を深めた次第である。蛇足をつけ加えれば、河合さんは自からの臨床体験によって、「中空構造」という思想に達したので、神話に対する単なる興味とか研究ではなかったのである。

考えてみると「中空構造」は、よくも悪くも、日本人の生活のあらゆるところに見出される。詳細はここでは省きたいが、そのもっとも顕著な在りかたは、日本の天皇に見出されるのではないかと私は思っている。

三貴子のうち、ツキヨミノミコトは、神話では何もしないが万葉の時代になると、多くの歌に詠まれるようになる。そういう意味では、日本の文化を代表する神さまといっても過言ではないと思う。

実際にも月は太陽の光をうけて輝いているのであって、現実的には何の力も持ってはいない。ただ詩歌の世界ではなくてはならぬ存在であり、月の運行、或いはその満ち欠けによって、どれほど多くのことを我々の祖先は学んだか。古典文学だけではなく、日常の生活でも「十三夜」、「十五夜」は申すに及ばず、月を形容した言葉は枚挙にいとまもない。月を愛したことでは日本人にまさる人種はいないであろう。天皇は「日の御子《みこ》」にはちがいないが、何もしない点ではツキヨミに似ており、たまたま何か事を起したい天皇、――たとえば後鳥羽《ごとば》上皇とか後醍醐《ごだいご》天皇のような人物が現れると忽《たちま》ちやっつけられてしまう。成功したのは明治天皇くらいであるといいたいところだが、明治維新の後遺症からまだ私たちは完全に抜け切ってはおらず、それがどんなに日本の文化を毒していることか。表向きは先進国と自称していながら未《いま》だに外国崇拝の夢醒めずで、西欧の猿真似に浮き身をやつしている。だからといって国粋主義者になれといっているのではない。あくまでも自分のものは大切にして、さてその上で外国と付き合うのでなければ外国人にも信用されないであろう。ほんとうに国際的というのは、自分の国を、或いは自分自身を知ることであり、外国語が巧くなることでも、外国人の真似をすることでもないのである。

昔、小林秀雄さんに、「人間は何もしないで遊んでる時に育つんだよ」といわれてちょっと驚いたことがあるが、何もしないでいるというのは実は大変難しいことなのである。

これを体現されたのは最近では昭和天皇で、四面楚歌《しめんそか》の中で退位もせずにじっと堪えておられた。不思議に晩年になって人気があったのは、その無為の姿にある種の哀しみと同情を感じたからに他なるまい。

近頃は「開かれた皇室」というのがマスコミの流行語になって、皇室の方でもその気になっていられるらしい。ガラス張りの中で隅々《すみずみ》まで明るいというのは週刊誌的なのぞき見趣味で、陰のない人生ほど平板でつまらぬものはない。今となっては谷崎潤一郎の『陰翳《いんえい》礼讃《らいさん》』がなつかしい。だからといって皇室を几帳《きちよう》の奥に閉じこめておくというのではないが、美は幽明の境に生れることを忘れてほしくはない。

さて、ここから先は私の夢で、実現するのは難しいかも知れないが、今までの私の経験では、関東より関西の方が、はるかに文化が根強く浸透しているように思う。特に千年の歴史がある京都には、東京人が太刀打ちできないほどの底知れぬ強さがあり、辛《かろ》うじてそれを支えていた江戸っ子がいなくなった今日の東京では、文化に関するかぎり、根無し草の感を免《まぬ》かれない。もちろん双方に長所も欠点もあるのだが、首都に一極集中の害が叫ばれている今日、過去に祭政分離を行ったように、文化を象徴する天皇家に京都へ還って頂いては如何《いかが》であろう。遷都を考えるよりはるかに能率がいいにきまっている。

さいわい京都には御所が遺っており、公けの行事はそこで行うことにして、どこかに住みよい御殿を造ってあげればよい。ただ一つ、どうしてもほしいのは、都の「顔」ともいうべき羅城門《らじようもん》で、そこから真直ぐに朱雀《すざく》大路を御所まで通せばとかく問題の多い京都市中の建造物も自然に解消するに違いない。

ふだんは洋服で構わないが、公式の際に天皇がモーニングでは見劣りがする。ここはどうしても衣冠束帯にかぎる。外国の皇室のように立派な宝石を持たない皇后さまも、十二単衣《ひとえ》を簡略化した袿袴《けいこ》姿で外国人に謁見《えつけん》されたら、彼らは感涙に咽《むせ》ぶであろう。おぐしもいい、いおすべらかしでは大げさだから、王朝風の垂髪になさるといい。今こそ明治の鹿鳴館風俗から身心ともに脱却することが必要で、そこではじめて真に国際的の名にふさわしいものになるだろう。ただし、これは私の夢にすぎないことを断わっておく。

第三章　お能

お能の見かた

一

お能は大変解りにくいもののように思われています。色々約束があって、それを全部知らないかぎり、とても解らないときめている人もあります。何しろ今から五百年も前に完成された芸術がそのまま伝わって今に至ったのですから、文学や美術などの、いわゆる有形文化財と違って、古い形を保つ為には、どうしても厳しい規則を必要としました。相手は同時代の生きた見物です。その好みにそって、残る為には変らなくてはならず、変りすぎたのでは残らない、そういう不安定な立場にあればこそ、多くの約束をもって自ら縛る必要も生じたのです。

しかしそれは専門家の側の言い分で、見物にとって必ずしも必要なことではありません。もともと物真似から発達した芸術のことですから、よく見れば、我々の日常の動作からそう離れたものではないのです。無意識に行う動作には、よけいなものがあり、不純なものもあり、醜いものもある。それらを全部取りのぞき、美しいものだけを残し、単純化してみせたものがお能の「型」です。その他謡《うたい》にも囃子《はやし》にも、それから舞台の上にも、数限りない約束があり、それを一々点検していたら、肝心のお能を見るひまはなくなります。ですから、約束を知らなければ解らない、というのは意味のない言葉です。また、自分で習ったから解る、といったようなものでもありません。自分でやってみるのは確かに一つの方法ですが、「物が見えて来る」というのは、またそれとは別問題です。文学でも美術でも、総じて古典は取りつきにくいものですから、先ず何よりも馴れることが第一です。しかし、それは何も古典にかぎったことではないでしょう。美はつねに、衣装の奥深くかくされているのです。

能楽堂に入ると、むき出しの舞台が目につきます。劇場と違うところは、幕がないこと、見物席の真中まではみ出ていること、左に長い「橋掛《はしがかり》」（欄干のついた廊下）があること、屋根があること、殆んど装飾のないこと、等々をあげることが出来ます。

屋根があるのは、昔お能が戸外で行われたことを物語ります。舞台の後に松が描かれ、橋掛には小松が植えてありますが、これも同じく当時の名残です。今でも奈良には古い形式が残っていますが、昔（鎌倉時代あたりまで）舞台もなく、外に築いた土壇の上で、自然の風景を背景に舞われました。そして、忘れてならないことは、はじめは神仏への奉納の形式をとったことです。すなわち、見物に見せる為ではなく、神の心を慰める為に、人間が捧げた、「神楽《かぐら》」に近い意味を持つ舞踊の一種であったのです。

お能が完成されたのは室町時代ですが、舞台もそれとともに発達しました。人間の動作から、よけいなものが省かれたように、あるがままの自然の中から、舞台も、その最も必要とするものの他とりませんでした。加えることによってではなく捨てることによって発達したのがお能の歴史です。自然の中から代表的なものとして、松が選ばれました。神木を背景に神へ向って捧げられた舞は、舞台の後に描かれた老松となり、それまで無視されていた観衆は神にかわって、正面から見物するようになりました。昔、立樹の間を通って、土壇にあがった役者達は、橋掛の小松を縫って登場します。色々な意味で、人工的なものに成長していきました。

お能が象徴的な芸術といわれるのは、そういうことをいうのです。見物はそこに、松によって象徴された、あらゆる木を見、すべての「自然」を見るのです。たとえば「羽衣《はごろも》」は、天人が三保の松原に降りて、水浴みをするうち羽衣を漁師にぬすまれる。舞を舞うのとひきかえに羽衣を返して貰い、めでたく天に還《かえ》るという、誰でも知っている筋ですが、お能では背景というものを用いません。ここは三保の松原であり、富士がそびえ、足元には浪が打ちよせています。それらはすべて「解りきったこと」であり、それ以上の説明は不要です。同じ舞台が、時には深山となり、楼閣とも化します。また天上にも海底にもなります。見せるのではなく、見物の眼が、見るのです。

あくまで見物を説得しようとかかる演劇との根本的な違いが、そういう所に見られますが、技術を持たなかったから背景がないのではなく、必要でないから捨てたのです。それだけのものを、見物の想像力にゆだねた、あるいは、一切の説明をぬきにして、見物の判断に任せた、といってもいいでしょうが、それははじめにも書いたとおり、お能が本来演劇的な性質を持合わせなかったからです。

見物はいたが、人間が対象でなかった。神を対象とするとき、「祈り」の形をとるより他なく、舞人は役者より巫子《みこ》に近く、舞は芝居より神楽に似て、多分に自己陶酔的な要素をふくまざるを得ません。たしかに、それは一応演劇的な構成をもって出来上っていますが、その中心は舞にあり、台詞は、そこに無理なく運んで行く為の、手段として扱われるにすぎません。そういう意味で、この芸術は、純粋な舞踊といってよく、謡は戯曲でも散文でもなく、一番詩に近い特種な「うたいもの」です。

話が少しそれましたが、お能がそういう性質をおびているということが、もしかすると解りにくくさせる原因ではないかと思います。一人よがりで、見物は無視されているようなな、しかし決して一人よがりでも、無視するのでもない。見物人が、芝居や映画と同じ態度でのぞむ所に間違いは起るのです。もしその立場をちょっとかえて、積極的に動いてみるなら（想像力を働かせるなら）芸術家の創造の喜びと同じたのしさを味うことが出来る筈です。何もない所に、ものをつくり上げるという、――しかし何もなくては芸術にはならないから、最も適確な、たった一つのヒントを与える。すべての芸術家にとって難しいのは、そのたった一つの「言葉」を選ぶことにありますが、この抽象を具体化させる、この思想に形を与える、半分の責任は見物の側にあります。その自覚がないかぎり、ぼんやり見ていて向うから面白くなってくれるたちのものではないのです。もしこれをも「約束」とよぶなら、お能の鑑賞上必要なものは、舞台の人と見物を結びつける、この暗黙の約束以外のものではありません。

なぜ舞台が見物席の中程までつき出ているか、なぜ幕によってへだてられていないか、——それは彼と我の間が、二つの異なる世界ではないからです。見物は、舞う人と同じ呼吸をし、同じ感情に身を任せなければならない。鑑賞とは（お能にかぎらず）そういうことであり、遠くから観察することと違うのです。それは、一つの行為と呼ぶことが出来ます。

はじめに私は、馴れることが必要であると書きましたが、千万の言葉より、先ずお能を見ることが大切です。もしかすると私のいうことは、今は少し解りにくいかもしれませんが、お能をよく見れば解ることです。近頃流行のダイジェスト的物の見かたは、大そう便利ではありますが、それはたとえば富士山の上を飛行機で飛んで、富士山をよく見た、と思うのと同じようなもので、富士という山は、自分の足で歩いて、登ってみなくては、ほんとに知ったことにはなりません。ですから私が書いたことは、またこの先書くことも、読めばひと目で解る、お能のダイジェストと思って頂いては困ります。ひまをかけて、これから見ようとする方達を、それもたぶんほんの入口までしか案内することは出来ないでしょう。それから先は一人でなくては入れません。「狭き門」は、あらゆる芸術に共通のものです。

二

お能が他の演劇と違うところは、仮面を用いることです。

仮面の歴史は古く、伎楽《ぎがく》・舞楽面などには、非常にすぐれたものが残っています。しかしいかに彫刻として傑作であっても、それらの面は、喜びなら喜び、怒りなら怒りという、瞬間的な、ある特定の表情しか現わしていません。

そういうものの中から、次第に発達して能面は、仮面の歴史の上に、一つの革命をもたらしました。それはどんなことかと云えば、一つの面の上に、あらゆる表情を具備させることに成功したのです。能面に至ってはじめて、従来の固定したものから、人間の顔と同じ様に、どの様にも自由に変化し得る、柔軟性を持つものに進歩したというわけです。

これはあきらかに、それまでの、仮面というものの観念と、まったく別物であるという事が出来ます。超人的な力を現わす為にのみあった面というものが、ここにおいて、微妙な感情を現わす、きわめて複雑な動きのあるものとなったのです。

能面には種類が多く、その中には神とか鬼の様な、強い表情をとらえたものがあり、それらはやや舞楽面の系統をひいていると云えますが、その特質はどちらかと云えば、超人的なものより人間的なところにあります。その全部にわたることは到底ここでは不可能なので、後者の中でも一そう特長のはっきり現れている女面についてのみのべたいと思います。面《おもて》の中には、一つの能にしか用いられないのもあり、いくつかに通用するのもありますが、一番用途の多いのは若い女の面で、お能にはまた若い女性を主役とした曲が、他の男や老人や鬼や神を主題にしたものより、比べものにならぬ程多いのでもわかります。

皆さんは「幽玄」という言葉をお聞きになったことがおありでしょう。平安朝に和歌の用語として使われた、ある特種な美しさの形容ですが、後足利時代に至って、お能を完成した世阿弥が、その内容を能楽の中に取りいれました。ひと口に云えば、しっとりした、内面的な美しさ、という程の意味ですが、彼はこの幽玄を、能の美の標準として定めたのです。そしてその中でも、特に女の能を、「幽玄」の極であるとし、したがってそれらの曲が、お能の中で最もお能らしいものという事が出来ます。

それはどんな風なものかというと、「羽衣」もその一つですが、総体に動きの少い、筋も殆んどないといっていい様な幻想的な曲で、極《ご》く一般的な意味で決して面白いものではありません。しかし、人目をそばだてるもの必ずしも美しいとは云えない様に、お能の美は、――その本来の姿は、静かなそして目立たぬ所にあるのです。それが長く残ったというのも、その美しさが、見物の一時的な歓心を買う性質のものではなかったからでありましょう。私がここで解りやすい特長を取上げないのも、お能の本質というものが、かりに少々難しくとも、よく解って頂きたいと思うからです。

さて、最も幽玄な能に使われる女面ですが、俗に、面の様に無表情なと云われる、あの能面特有な、うつろの表情を持っています。美しいには美しい。が、そこには何かしらぼんやりした、白痴的なものがただよっています。その眼は、どこも、何も、見ていない眼です。その口は、唇をわずかにひらいて、笑うとも泣くともつかぬ中間の表情を保っています。それはあらゆる意味で、何ものにもとらえられぬ、白紙の表情――まだ表情を持たぬ以前の表情――の様にも見えます。

忘れてならないのは、これは手にとって見る美術品ではないことです。いや心ない茶碗一つでさえ、名品は使う人を待ってはじめて生きる。ましてやこれは人間の顔です。人間が身につけて、舞台にあがって、はじめて口をきくのです。美しい装束をつけて、静かな舞を舞うとき、どんなに豊かな感情が、この面のおもてに現われるか。それは舞う人と、見る人の、心一つですが、はじめにまじり気のない表情を持てばこそ、わずかの動きによって、或は喜び或は悲しみを現わすことも出来るのです。もし特種な表情を持っていたとしたら、それ以外の顔が出来なくなるのはいうまでもありません。ここで前に書いた能舞台のことを思い出して頂きたいものです。背景も装飾もない舞台だからこそ、どんな場所にも成り得ることを。そうした自由を持つ「場」であるということを。

これは一種の逆説です。ものは皆極まればそうした形をとるより他はない。少しとっぴなたとえですが、私はドストエフスキイの『白痴』という小説を思い浮べます。いわゆる白痴のムイシュキンは、決してふつうの馬鹿ではない、凡人に見通せないものを、見抜く力を備えています。何ものも、彼の眼をあざむくことは出来ません。何故かといえば、彼が生れたての赤坊のように純真だからです。透明だからです。さればこそムイシュキンは、どこか遠い国のはてから、（必ずしもスイスでなくともよい）、ある日忽然として人間界に現われねばなりませんでした。ドストエフスキイの筆は、このありもせぬ様な人物を、見事に生かして歩かせていますが、――という事は、私はその人間を目のあたり見てしまうのですが、彼の表情は、（私の見たそれは）、正に能面以外の何物でもありません。それはもうあれでなくてはならない。そんな風に思いこませてしまうのです。その眼は、何も見ていないし、その心は、何物もとらえられていない。まったく自由な人間です。私はロシヤの小説とお能をごったにする気は毛頭ありませんけれども、おそらく多分に東洋人であった作者は、形こそ異なれ、純粋な美の極致を、「白痴」という姿において表現するより他はなかった。真の叡智《えいち》を現わし美を語る為に、他の方法を考えられなかったのではないかと思います。

そんな例をひくまでもなく、かりに、もしここに叡智の人と名づけるにふさわしい賢人がいたとしたら、おそらくその人は無感動な、一見馬鹿の様に見えるかも知れない、と想像するに難くはないでありましょう。大賢は大愚に似ると云いますが、世の中のすべてを知ってしまったら、当然そこに帰着する筈です。能面は、そうした人間の在りかたを、「形」の上に現わして見せてくれます。静かな水の様に平らな心が、あらゆるものの影を映すように、単純そのものにみえる表現は、実は無であるどころか、すべてを含んでいるのです。私は、表情の生れぬ以前の表情、と書きましたが、それどころか、これこそは、「最期の表情」と云うべきであったかも知れません。

能面の代表的なものとして、（その数からいっても美しさにおいても）、私は女面だけを例にとりましたが、その他に数限りなくあることは前にのべました。野上豊一郎氏は、三十九種にわけ、更に類型にわたって、約二百種ぐらいについてのべていられます（『能面大観』）。その一番古いものは鎌倉末期にさかのぼりますが、何といっても能面の最盛期は、世阿弥と時期を等しゅうしています。鎌倉時代には赤鶴《しゃくづる》と呼ぶ名人がいて、多くの傑作を残しましたが、何《いず》れも天狗とか鬼の様な激しい表情のものばかりで、室町時代に至って、はじめて龍右衛門《たつえもん》という作者によって、今までのべた様なほんとうの能面らしい能面が創作されたのです。面打《めんうち》の数は多いのですが、中でもこの二人の名は、能面における二つの主流をしめすものとして忘れたくはありません。赤鶴作の古い面から推して、伎楽や舞楽がそうである様に鎌倉時代の猿楽はかなり単純なものであったに違いないと想像されます。それが世阿弥によって、幽玄な美しさが加味されるにしたがって、次第に複雑になって行き、それとともに長い事件の演出に堪え得る面も案出されるに至ったのですが、むろん古くからある面も併用されたのはいうまでもありません。そして、ちょうど面の表情の強弱に準じて、一曲の長さも時間的に制限されています。すなわち、表情のある面を用いる能ほど動きが多く短時間で済み、表情の少いもの程静かで長い。そして静かで長い「幽玄」な能が、いつも中心となっているのです。

お能には五つの種類があって、正式な番組では、必ず次の順序に並べられます。神、武将、女、狂人、鬼（或いはそれに類するもの）。専門的には、脇能《わきのう》、修羅物《しゆらもの》、かつらもの（又は、三番目）、四番目物、切能《きりのう》、と呼びますが、真中にかつらものが置かれているのも、それが中心となるからで、あたかも太陽の光線といった工合に、お能の美は、そこから発して他の曲の隅々まで及んでいるのです。面にも各々美しさがあるように、それぞれの曲にも面白さはありますが、それを一貫してつらぬくものは、静かなかつらものの幽玄です。たとえば「鬼の幽玄」について、世阿弥は次の様に言いました。「巌に花の咲かんがごとし」——そして、強いものをただ強く演じたのでは荒っぽくなってしまう。荒いということと、強いこととは違う。早いもの程ていねいに、強い能にも優美なものを忘れぬように、とさとしています。静かなかつらものを静かな中に動きがある、と見るなら、これは動の中に静が感じられる、と云えましょうが、面においても同じことで、どんなに恐しい、復讐の念や憤怒の形相を現そうと、そこには醜悪な感じは一つもなく、あらゆる感情が、ここでは昇華されているのです。これは、なまの人間を描く小説でも、なまのままでは立派な芸術作品と云えぬのと一般です。

女の面には、表情がない。これは誰にも解ることですが、たとえば般若《はんにゃ》でも、（般若は主として女の嫉妬を現わす面ですが）、実は嫉妬の「表情」なんてものはないのです。そこにはただ、嫉妬と名づける情念の形があるだけで、それは抽象化された、一つの模様みたいなものにたとえる事が出来ます。ですから、「羽衣」の天人でも、静御前でも、紫式部でも、同じ一つの美しい女の面で事は足りるのです。個性をふり廻すのは現代人の癖ですが、女というものは、どこの誰それであるより前に、先ず「女」という一つの存在でなければならない。私達がとかく忘れがちのこの事実を、古典芸術は思いださせてくれます。成程源氏物語に現われる女性の群、何れも個性的とは云えないかも知れない。にも拘《かか》わらず、そこにはっきりと女性の姿が描かれている事は誰しも否めないでしょう。若い女の面は、紫式部とか、小町とか和泉《いずみ》式部などという、あまたの女性の上にうちたてられた、どこの誰にも属さない一つの典型です。普遍的な、美しい、永遠の女性です。この中に、「個人」を発見しようとするのは愚かなことで、そういう試みの前には、しょせん能面は、空漠とした表情の奥に逃げこむ他はないでしょう。

鈍感な精神は、強烈な刺戟《しげき》によってしか慰められません。能面の中に、そこに無しか感じられない人は、その人の心が無表情であるということです。お能ばかりでなく、日本の芸術には、すべて共通したものがあると思います。幽玄とは、そうした美しさをいうのであり、特に和歌とか能楽に限るものではないのです。最期に、世阿弥の書き残した書の中にある歌をあげておきます。

桜木《さくらぎ》はくだきて見れば花もなし
　　花こそ春の空に咲きけれ

三

お能のシテというものは、単なる「主役」以上の強力な存在です。シテには仕手の字を当てますが、文字どおり（お能を）つかまつる人であり、ワキとの関係も、芝居における主役と脇役とはまったく違うものです。

特殊な曲をのぞいては、先ずワキが最初に登場するのが原則です。それは旅の僧であったり、稀にはふつうの男だったりします。このワキは、いつも実在の人間で、扮装や言葉は別として、我々見物と少しも異るものではありません。したがって、面をつけることもありません。彼等はとある名所とか旧跡へさしかかります。そこで古い物語や思い出の感慨にふけっていると、いつとはなしにシテが現れる。それは常に、「いずこともなく」、忽然として現れるのです。シテは、女の場合もあるし、老人のこともあります。しばらくワキと応対があった後、その場所に関する一場の物語をのべ、やがてかき消すように消え失せる。これが一段の終りです。

この前半を前《まえ》シテと名づけますが、後半では同じシテが、在りし日の姿で現れ、思い出の舞をかなでます。後《のち》シテは、花や木の精であったり、歴史上の人物であったり、宗教上の神仏であったりしますが、何れも幻の如き存在で、ワキの見る夢のようにも受取れます。

前シテはかりに人間の姿をした化身《けしん》であり、後シテがほんものなのですが、そのほんものは幽霊なのです。その在りかたは、面の表情と同じ様に漠としたものであり、夢とも現《うつ》つともつかぬ境にありますが、これはお能が写実的な人間より、人間の魂ともいうべき、エセンスだけを現わすことを目的とするからです。そこには、「この世は夢」と感じた宗教的な思想も感じられますが、それよりむしろ、幽玄な美しさを表現する為に、この様な形をとったと見る方が自然でありましょう。

この範疇に入らぬもので、別に「現在もの」と名づける曲が若干あります。弁慶とか曾《そ》我《が》兄弟のような、実在の人物を取扱ったもので、「安宅《あたか》」や「鉢木《はちのき》」がその例ですが、その特長は、多分に劇的要素をふくむこと、対話を中心とすること、したがってワキがシテと対等に扱われていること、面を用いないこと等々です。この種の曲は、お能の本質からは離れたもので、そのまま芝居に用いてもさしつかえないものばかりですが、それだけに幽玄な美しさは半減されます。筋があるので解りやすく、色々変化もあって面白いのですが、比較的後世の作品が多く、能楽二百番のうちわずか十数番に限られているのも、単に目先をかえたというだけで、この方面に発展しなかったのは、それ程必要を認めなかったからでありましょう。

しかし、同じ実在の人間を主にしたものでも、狂人や盲目や神がかりのたぐいは、——これは四番目物に多いのですが、「現在もの」の中には入りません。彼等の精神状態は、同じ生きた人間でも、正気のものとは違います。この様に不具者（又はこれに類したもの）が多く取上げられたのは、幽霊と同じ様な意味で、健康な人間より、のっぴきならぬ人間の形が、彼等の中にいっそうよく現れるからです。ことにこれは舞踊です。我を忘れて舞に陶酔するには（又させるには）、正常の常識ゆたかな人間より、気狂いや神がかりの方がはるかにたやすい。たとえ現在ものの弁慶や曾我兄弟でも、しらふでは舞えない。必ず酒宴をひらき、先ずもって酔ってから舞にかかる。現在ものには、それだけの手数がかかっているわけです。

お能の中では、シテの舞がいつも中心になっています。謡を見ても解ることですが、一曲をいろどるすべての言葉は、ただシテをいかにして不自然でなく舞わせるか、という一事にかかっている。謡ばかりではない、ワキも、音楽も、すべてその一点を指しているといっても過言ではありますまい。

ここでちょっとワキについてのべたいと思いますが、先ず最初に登場したワキは、見物に、自己紹介をした後、ここがどういう場所であるかを説明し、あたりの景色を描写して、次第に雰囲気をつくり上げて行く。そこへシテが現れる。そういう順序である事は前に書きましたが、そうしてシテを紹介し終ると、ワキは徐々に影をひそめて行きます。はじめは対等に対話の形をとっていたものが、次第にシテの独舞台となり、ついには、まるで後すざりでもする様に、ワキ柱（向って右前の柱）の影にかくれてしまう。この時見物は、もうワキを必要としないで、——というよりも、ワキという聞き手にとって変って、シテの言葉に直接耳をかたむけるといった具合になるのです。

このワキの立場というものは、実際には司会者に似たもので、いわば見物人の代表者と見ることも出来ましょう。この様な形式は、他の舞台芸術にはないことで、はじめにシテを主役以上の存在といったのには、そういう意味もありました。すなわち、ワキはシテと見物をつなぐ一種の仲介人であり、演劇におけるワキ役の意味は、少しもふくまれてはいない。まったく別種の立場にあるのです。ワキ師と称する、シテとは別な専門家が必要となるのも当然でありましょう。両者は、見ためには大変似ているのですが、専門的に見れば、シテと囃子ほどの違いがあり、勿論面をつける場合もなし、舞を舞う機会もありません。つまらないと云えばつまらない役ですが、ワキが下手では、シテは半分も真価を発揮することが出来ない。のみならず、じっと立ったまま或いは座ったまま何もない舞台の上に雰囲気をかもし出す、――そんな芸当は凡手の及びもつかぬ技です。ワキの難しさは、どこまでも邪魔せぬよう、シテを引立たせることにありますが、同じことが、囃子や地謡《じうたい》（合唱）についても云えましょう。彼等のつくりあげた土台の上に立つのが、お能のシテというものです。その人こそ、むろん一番上手であるべきですが、反対に、だからこそ下手な素人にもシテなら出来るのです。が、下手な玄人《くろうと》や素人で、曲りなりにもワキや地謡がつとまる人を、私はいまだかつて知りません。

四

お能が二段にわかれていることは既にのべましたが、中にはわかれていないのもあります。それは短い曲に多いのですが、その場合でも、しさいに見れば、二段構えになっていることが解ります。たとえば「羽衣」も一段ですが、羽衣を漁夫から返して貰うまでが前半、衣をまとって現れるところから、他の能なら後シテと見ることが出来る。この前シテと後シテの関係は、単に同人物が違う恰好で現われるという以上に、興味ある問題がふくまれている様に思われます。

度々申しますように、お能は一人の人間の、性格や個性を分析してみせるものではありません。しばしばそこには筋もなく、人格さえ漠然としたものが多い。「井筒《いづつ》」という能は、伊勢物語からとったもので、前シテは里の女、後シテは紀有常《きのありつね》の息女一名井筒の女と称する人間（の幽霊）なのですが、これがまた大変ぼんやりした存在で、理由なしに昔恋人であった業平《なりひら》の冠や狩衣《かりぎぬ》をつけて出て来るのです。女かと見れば男のようでもあり、はっきり有常の娘と名のりながら、また業平がのりうつっているような事もいう、といった具合で、しいていうなら男とも女ともつかぬ、観音様とか菩薩のような、抽象的な美の化身としか受取れません。

同じ伊勢物語による「杜若《かきつばた》」の能では、これが一そう複雑になって、杜若の花の精かと思えば人間の様でもあり、まさしく女でありながら業平でもある。そしてその業平は、歌舞の菩薩の化身である、という風に三重にも四重にもダブっているのでよけい解らなくなります。しかしそんな事にこだわる必要はないのであって、これは美しい音楽を聞く場合に、どう解釈しようと構わないのと同じことです。音に意味がないのと同じように、舞踊も意味を持ちません。意味がなくても成立つのです。

もう少しくわしく書いてみましょう。――「夕顔」の曲は、源氏物語に題材を得ていますが、先ずおきまりどおりワキの旅僧が、京の五条あたりへ来かかると、どこからともなく歌を吟ずる声が聞える。何げなく耳を澄ましていると、やがて美しい女性が現れます。「ここは何という所でしょうか」と問うと「なにがしの院」とだけ答えます。「なにがしとはおかしな名ではないか、さだめしほんとうの名が有りそうなものだのに」「でも源氏物語に、ただなにがしの院としか書かれていないのですもの、どうして私が存じましょう。しかし、ここは昔河原《かわら》の院と呼ばれた邸の跡で、かの夕顔の君が、物怪《もののけ》につかれて失せたのも、他ならぬこの所なのでございます」云々と云った後、女は坊さんの乞うままに、光源氏の物語、とりわけ夕顔のくだりを、目に見るように語って聞かせます。やがて長い物語も終りに近づいたころ、「……かくして、夕顔の君は、水の泡のようにはかなく散りはてました」。いったかと思うと、みるみるその女も、宵闇の中にかき消すように吸いこまれてしまいます。あとに残された旅僧は、狐につままれたおもいです。

不思議なこともあるものかな、と坊さんは一人、お経をよみつつひそかに夕顔の霊を弔っていると、いつの間にか月のもとに、ほのぼのと花のような白い上臈《じょうろう》(貴婦人)が現われて、この世のものならぬ舞を舞いはじめました。そうして明け方近くなった頃、「これで私も成仏することが出来ました」と、坊さんに深く感謝しつつ、暁の雲のまぎれに、再びいずこともなく去って行くのでした。――

お能はそれで終るのですが、極端にいって、ここには筋も物語もないことにお気づきになるでしょう。このシテも、杜若や井筒と同じように、夕顔の花の精か、それとも夕顔の君の幽霊か、そこの所ははっきりとしていません。ただ、つかの間の人間のいのち、はかない人間の有様が、露にぬれた夕顔によって象徴されているだけです。そこにはどんな意味も説明も求めることは出来ません。ただありのままの形を、そのまま受入れるほかはない。総じて美というものは、「意味」を附されたとたんに、消えてなくなります。「説明」されたとたんに、それはもう美ではなくなります。意味も説明もよせつけぬものが、美神の姿でありましょう。

さて、前シテと後シテの関係は、いつでも同じ人物が違う姿で現われるのですが、前シテは（それが花であろうと木であろうと）必ず「人間」の姿を持っています。かりに人間の形をして現われるのです。そして後シテで、はじめてまことの姿を現わすのですが、かように変身（メタモルフォーズ）する事によって、「人間」と、「人間を超越したもの」を現わします。だから後シテは必ず成仏する。あるいは、した、またはする事を約束された存在で、前シテを不完全な人間とみれば後者は昇華された魂です。「羽衣」を例にとって云えば、羽衣を失った天人はもはや天人ではない、地上に転落したものの姿です。それが羽衣を得て、再び天へ還る。ここにおいて天人は、めでたく昇天するのですが、お能に幽霊ばかり出て来るのも、過去の、つまり一度死んだ人間でないと、解脱《げだつ》とか昇天とかいうことが自然に行われないからで……幽玄の美しさとは、他ならぬ成仏したものの、「完全なもの」の美しさであるのです。お能の本質は、この「変身性」にあり、それは能楽をつらぬく一つの思想といえましょう。

私はかつらものばかり例にひきましたが、中心におかれるこの能に、その性質が最もよく現われているのはいうまでもありません。神や鬼、それから武将のたぐいも、ただ女が男に変るというだけで大差はないのですが、問題なのは四番目もので、これは世話物風に出来上っているので、この特長がはっきりしません。シテは主に狂人とか神がかりの類ですが、しかしよく見れば、既に精神異常者であることが、よほど人間らしくないものであることは前にも言いました。神がかりはむしろそうですが、彼等はみな一時的な気狂いで、夫や子供にわかれた為に気が変になっています。ですから、気が狂いっぱなしというのは、一つもなく、ここではその原因であるところの夫や子供に会わせることによって救われるのです。

天にものぼる喜びという形容がありますが、自分の望むものを得て、この人々は安心します。この「安心」は、幽霊が成仏する喜びに劣るものではありません。四番目もののうち、「隅田川」だけは、子供が死んでいる為に、ついにめぐりあうことが出来ません。しかし、それでもなお、子供の幽霊に引会わせるという救いが用意されてある。そして子供は、母親の涙ながらの祈りによって、成仏を約束されているのです。

お能の種類は多く、一つ一つに及ぶことは出来ませんけれども、それら一つ一つが皆違っているのですが、その現わそうとするものは一つしかない。多くの古い物語、風土記などに材を得たのも、それが当時既に古典であり、その中に動じない美しい形が見出されたからで、単なる思いつきではないのです。

また、仏典や経文がしばしばひかれているのも、特に宗教的な意図があったわけではない。忘れてならないことは、この芸術が数百年前に出来上ったものであり、それが昔の人々の常識であったということです。

とはいえ、夕顔の語る「露の世」は、今われわれが住む世の有様に似なくもありません。もし私たちがちょっと立ちどまって、人間の在りかたに思いを及ぼすならば、——お能がいまだに行われているのは、意識的にも無意識的にも、私たちが心の奥に、そうしたものを感じとるからであると思います。

能面の表情

能面について、いいたいことは全部書きつくしてしまったので、この度は、面《おもて》を実際につけた時の感じとか、体験といったようなものを少しばかり記して責めを果たしたいと思います。勿論、そんなことは楽屋話にすぎませんし、私の経験といっても知れたものですが、明敏な読者は、必ずその中から、能面の本質をよみとって下さることと私は信じています。

面は、楽屋と舞台の中間にある、「鏡の間」という所でつけます。装束は全部つけ終り、面だけをそこの大きな鏡の前で、一定の作法のもとにつけるのですが、それにはものを映す、或いは移すという、意味があるのだと思います。ふつうは、面をかぶるといいますが、お能の場合、必ずつけるというのも、注意すべきでしょう。

厚い装束で、身動きもできない程かためた上、最期に面で蓋をされてしまうと、変ない方ですが、「ああ、これでおさらばか」という気持になるものです。それも瞬時のことで、やがて麻酔にかけられたようにぼんやりとなり、窮屈な気持も、情ない思いも、いや長年かかって覚えたお能の型や謡さえ、忘れはててしまう。俗にいう、あがるのと違って、能面には、人を放心に導いて行く、そういう作用があるのです。が、あわてることはありませんん。外界ばかりでなく、自分の肉体や精神からも、完全に離脱したこの木偶《でく》人形めいた存在は、もしかすると、私以上に自分を知り、なすべきことを熟知しているのかも知れない。任せておけば、勝手に舞ったり、歌ったりしはじめます。そして私自身はといえば、どこか遠い所から眺めているという風で、かりに間違えたとしても、あわてるのは私の方で、この変な奴はどんな感情にもまどわされない。よくも悪くも、もはや私の自由にならぬ存在と化すのです。

面の眼（穴）からは、外界のあらゆることが見渡せます。今、誰それさんがくしゃみをした。隣にいる見物人が、耳打ちをした。その内緒話の内容まで、手にとるようにわかるのですが、そういう経験は、かつて私が大病で死にかけた時、病人に聞かせてはいけない内緒話まで昏睡のうちに聞きわけたのと、大変よく似た感じです。そして、それが病人に、何の影響も与えなかったのと同じように、この木偶の眼も文字どおり節穴同然で、眼には見えてもどこか別の世界の出来事としか思えない。別の言葉でいえば、ふだんなら気をとられるに違いない、不必要な茶飯事から能面をつけることにより、解放されるといっていいのですが、おそらくこのような精神状態は、ふつうから見れば、病的といわれるかも知れません。が、あまり健康な人に、「健康」ということがわからぬように、能面は、私たち凡人を、一時的に、たとえていえば昔の坊さんなどが体験した、無我の境地においてくれるといえましょう。お能ばかりでなく、こうしたことは多くの役者が経験する所で、そこに舞台芸術の魅力もあると思いますが、いくら化粧しても素顔とちがって仮面には、はるかに原始的で、強烈な力がある。自分から放れる、というこのむつかしい行為を、能面ほどたやすく、自然に教えてくれるものはありません。それが実際の生活に、或いは別の仕事に、応用できるかどうかは、また別の問題ですが。

能面の表情は、「中間的」といわれます。が、私はむしろ「恍惚的《こうこつ》」と呼びたいと思います。土俵へあがるお相撲さん、バッターボックスに立つ野球の選手、ピアノに向った時の音楽家――極度の緊張と集中が、一種放心的な表情をおびるのは、気をつけてみれば、しじゅう目にする所です。イタリイの自動車競争のチャムピオンが、こんな話を書いていたのを思い出します。

「レースに出て、猛烈なスピードで走っている時の印象は、教会でお祈りしている時の、静かな気持に似ている」と。

能面がとらえたのは、そういう瞬間の、ある普遍的な人間の表情です。

お能を知ること

お能を知ることとは、世阿弥の次のことばでもってしても言いつくされます。

でき場を忘れて能を見よ。
能を忘れてシテを見よ。
シテを忘れて心を見よ。
心を忘れて能を知れ。

「できば」の意味は、場所、時間、曲のよしあしによって起こった「結果」の意味にとれます。そのなかにはむろんシテと見物の気分のよしあしも含まれています。しかしその解釈を今ここにこころみなくてもいいと思います。注意したいのは最後の「心を忘れて能を知れ」ということだけです。

舞台の上のシテの技はいわば表面的のあらわれです。目でみることのできるものであって、それもひとつのお能という大きな存在の一部であります。芸術の表面をとおしてその奥に心をみることは鑑賞するうえの必須条件であります。目はそこに置かれたひとつの物質のうえにとどまっていても、心は作者自身の心にふれる、そのこともまた大きなよろこびでありましょう。またそれはだれでも知っていることです。それゆえしばしばそのことは鑑賞家にとって、極致であるかのように言われます。

しかしそれは能を知るうえの極致ではありません。世阿弥はそこでまんぞくはいたしません、まだ「作品をとおしてその奥の美にふれる」そのことまでも忘れなくてはならないと言います。

シテの心をみることも忘れる時、観客はお能と同化してしまいます。シテも能の存在もなくなった時、まして自分が残るはずはありません。能を知ることは能と同じものになることです。

世阿弥はお能の最上の演出を「冷えたる能」とか「闌《た》けたる位」と言います。これはその字のしめすとおり、冷えさびた、枯れた芸のことであります。言うまでもなく「冷え」はただ凍《い》てついたのではなく、つめたさを通り越した液体空気のように同時に「あつい」のです。「さびた」はサビついたのではなくて、「さび朱《しゅ》」の暖かさを持っています。「枯れた」は枯死した木ではなく、春になれば芽をふく溌剌《はつらつ》とした生命をたたえている

「生きた木」であります。結局その境地にいたった人はなんの束縛もなしに自由自在に寒
くも暖かくも暑くもなれる生きたお能を演じることができるのです。
せっかくお能の名人に「冷えたる能」、「闌けたる位」のおもしろさを与えられても鑑賞
家にそのヒットをうけとめるだけの力がないとしたらそのお能は演じられなかったのも同
然です。それ以下の演出であっても鑑賞家はまんぞくしたに違いありません。
お能は一見しただけでも総合芸術であります。シテ、ワキ、囃子方、地謡、全部が鎬《しのぎ》を
けずるのがお能であります。これは文楽の場合でも同じです。浄瑠璃と三味線と人形の三
つのものはいつもけんかごしです。たがいに離れようとしてはもつれ合ってゆくところに
ほんとうのおもしろみがあります。そのなかのだれかが遠慮して合わせよう合わせようと
したのでは総合芸術のおもしろさは発揮できません。けっしてイキが息をつく間もないほ
どピタリと合うことは望めません。この真剣勝負でむきあった時のようなはりきった気持
は見物も持たなくてはなりません。

たとえシテの心を見ようとしても、それではまだ外部からみているのであって、いつも
お能と自分の間には溝があるわけです。たとえ向こう側のけしきをどんなに見ていようと
この溝を飛び越えなくては向こう側には行かれません。

舞台にあるものはシテではなくて、それは自分自身が舞っているのです。それは心のな

かで自分も舞っている気持になるのともまたちがいます。そのようにシテをみながら自分が舞うのではなく、シテの舞う姿もみえなくなるほど没入することです。

宮本武蔵は真剣勝負で向きあっても、ふだんと同じようにすきだらけの恰好をしていた、と聞きます。お能もそのとおりで、「はりきってみる」というのはやたらに力を入れてみることではありません。没入というのも夢見がちの陶酔ではなく、さめきった正気の心をもってお能に陶酔することであります。

舞台の上にえがかれる美は、たとえ内面的であるにしろ、外面的にみるにしろ、いわば一個の橋となって観客をかぎりない想像、あるいは創造の国へとみちびきます。それはみる目が育つとともにいくらでも大きく成り得る性質をもった美であります。一般芸術家の創作に対する精神的興味は、この場合観客の持つべきものであります。お能の観客は単に「お能をみる人」であってはなりません。りっぱに芸術家として創作するよろこびを持つことができるのです。あらたにこうして創作家の位置に立った観客は、とめどもないほど大きな美を発見することに、おそらくシテ以上のよろこびが感じられると信じます。シテ以上というのは芸術的にシテ以上というのであって、シテのよろこびはまた別にあるのです。

舞う心

世阿弥は「花伝書」のはじめに専門家のために教育方針を書き残しました。昔は世阿弥の書いたものはみな秘伝であって、ごく少数の人のほか、めったに見ることは許されませんでした。それにもかかわらずだいたいにおいてそのとおりの教育方針が現在でも行なわれているというのは、何百年の経験上やっぱりそれが名人に至る一番の近道であるにほかならないのです。しかもその方針にはひとつも自然にさからうものはなく、むりを強いてはいません。単にお能の専門家ばかりでなく、これはあらゆる人間に通ずる「人をつくる方法」でもあります。簡単に訳して書いてみますと、

まずだいたい七歳の時に稽古をはじめます。この年は現在私たちが小学校にあがるころに相当いたします。お能もむつかしいことは教えずに子供の気のむくままに自由にさせておきます。舞の多い曲ばかりを教え人情味のこまかいものには手をつけないで、

「大様《おおよう》にする」ということのみに力を入れます。それは子供の時におぼえるにこしたことはないのです。こうして教育の第一歩はふみ出されます。

十二、三になるとしだいにいろいろのことを自分でわきまえるようになり、欲も出て来ます。相当に舞や謡がじょうずだと、悪いところはかくれてよいことばかり目につき見物には受けます。生長ざかりですから教えるほうにとってもやさしく、芸ものびる時代です。この時に教える方も習う方も正確に、しかも厳格にせねばなりません。「十で神童、二十で才子《さいし》」と下がるかも知れないたいせつな時であるからです。

十七、八の時はまたたいせつです。声がわりの時期ですからまず美しい声で聞かせることができなくなります。身体も半分おとな半分子供のような平均のとれない形となるので、見せることもできなくなります。十二、三のころにひきかえて得意の絶頂から谷底へおとされたような気がしてひじょうに不安を感じます。その不安な気持はすぐ見物につたわります。いくら見物にあざけられようとも、一生の境めはここであると決心して、やけをおこさぬことです。このくらいのことでお能をあきらめてしまっては何にもなりません。お能の名人になるには、先々もっと苦しいこと辛いことに出会うものと覚悟をせねばなりません。

二十四、五になるとはじめて世のなかが見えて来ます。これまではまだ海のものとも山のものともつかなかったのですが、この時代に芸のゆくえがはっきりと定まります。

声も身体もりっぱな大人となったのですからふたたび見物にもてはやされます。この時代にいちばん気をつけなくてはならないことはうぬぼれないことです。見物の目につくのは「若さの美」であって真の美しさではありません。世阿弥はその美しさを「初心の花」と名づけます。その「初心の花」ともいうべきものを「真《まこと》の花」と誤認する危険があります。うぬぼれと芸に対する自信とは違います。たとえ人にはおだてられてもこの時代にしっかりと練習をつむべきです。芸道における自分の位置をはっきりと認識することによってこの時代の「初心の花」てぃどの美しさは一生消え失せるものではありません。

三十四、五はさかりの絶頂です。芸は三十四、五までにあがるのであって、それから以後はさがると思わねばなりません。四十から先は肉体的におとろえるのですから、この時までに自分の芸に自信の持てない人は名人になる見こみはありません。過去をふりかえるとともに未来の方針をしっかりと定めることがこの時代においてされなければなりません。

四十四、五になると下り坂にかかります。今までとはやりかたを変える必要がありま す。登りと下りではスキーのワックスでさえつけかえる必要をみとめます。肉体的におとろえるのですから、骨を折らずにしかも美しく見せなければなりません。それにはくふうがいります。なるべくひかえめにすることに重きをおくよりほかありません。ひかえめにしてもなお美しさがみとめられるならば、それこそ「真の花」ではあるのです。

五十以後の老人は「何もせぬ」よりほかにテはありません。外面的の美しさはことごとく失せたのですから、その点で見物を魅する何物もありません。残るものは「真の花」のみです。枝も葉もすべて散りつくした老木《おいき》に「花」のみは散らずに残るのです。そこに至ってはじめて何にも飾られぬお能の純粋な美しい姿があらわれます。

以上

お能の専門家はこのようにして一生をかけて最後までたゆまぬ精進を余儀なくされるのです。それは芸に生きる者におわされたさだめであります。

能の専門家たちはお能のほかに趣味をもつことをほんとうは許されていません。許されないのもあたりまえです。彼らにはそのヒマも惜しいのです。そして一生脇目もふらずに芸術にいそしむのです。彼らにとってお能をすることは「生きること」であります。それ以上苦しいと同時にたのしいことがありましょうか。このたのしさを知った以上、どうしてほかに趣味がもてましょう。いいかげんの趣味は一生かかって得た「お能の趣味」ほどおもしろいはずはありません。お能の専門家たちは自分の芸に対する以上に他の物に信用がおけないのです。ことに名人といわれる人で、とくに趣味を持つ人を私は知りません。彼らは「安心」の二字をもっともよくあらわしている人たちです。

死ぬまで芸を励むのですから、お能にはほんとうは芸の極致はないのです。世阿弥のことばのなかには、

命にはをはりあり。

能には果《はて》あるべからず。


というのがあります。

お能の理解は体験によるのですから、いくら本を読んでも考えてもお能はわかりません。私は先生（梅若實氏）から何度も何度も「自分はまだこれからだ」ということばを聞かされました。はじめは欲ばりだと思いました。つぎに謙遜だと思いました。つぎにキザだと思いました。つぎにうれしいと思いました。このことばは世阿弥の書から出たものではなく、まったく、専門家としての体験のたまものであります。

お能の名人というものは、自分が芸術家であると夢想だにいたしません。まして芸術を云々するような大ソレタことは考えてもみません。子供の時からたたきこまれた芸をありのままに舞台にくりかえすにすぎません。それゆえに尊いのであります。専門家は「芸術家である」と自覚しないほうがよいのかも知れません。そう言ってやることは親切と思っても、じつは悪魔のあまいささやきとなるかも知れないのです。彼らは自分たちが偉大な

芸術家であるとも知らずに六百年のあいだ、「羽衣」の天人のように無邪気に、つつましく、

空は限りもなければとて
久方の空とは名付けたり

と「羽衣」の謡をうたいながら、お能を舞いながら、空のかぎりのなさなど考えてもみずに舞台一面にソレを実現していたのです。

お能の幽玄

お能の幽霊は、オバケではありません。お芝居のように、鬼火が燃えたり、ゴーンと陰にこもった鐘の音とともにドロンドロンと出て来るタチのものではありません、ちゃんと足のある生きた人間と同じ姿をした幽霊です。

二百数十番のお能の曲のなかには、あきらかに正真正銘の人間をシテとする「現在物」として区別されるものがわずかに十数番ほど存在しております。面《おもて》を用いないので「直面物《ひためんもの》」とも称されます。「安宅」、「正尊《しょうぞん》」、「鉢木」などはその代表的な曲で、対話も多くしたがってシテとワキの対立もいくぶんかあり、登場する人数も多いのでいくらか本格的なお能からは区別されます。またちゃんとしたスジをもつために劇的にも進行するので、一般大衆にはわかりやすいのです。

お能の種類をごく大ざっぱにわけますと、右のように現在物と非現在物のふたつにわけることができます。現在物がわずかしかないのにひきかえて、非現在物はその大部分をしめております。そのなかには幽霊たちのほかに、神、鬼、天狗、化身、草木の精、狂人、神がかり、その他が登場いたします。そのなかで狂人や神がかりは実在の人間ではありますが、精神に異常をきたしているのですから、あくまで正気な「現在物」のシテたちとは立場を異にします。どうしてお能にかぎりオバケではない幽霊、またはそれに近い人々が重要な位置をしめているのでありましょうか。なかでももっともお能らしい能とされる鬘《かつら》物《もの》はほとんど全部が幽霊において演じられるのであります。その幽霊がどのような態度をとるか、鬘物の一例として「半蔀《はじとみ》」をここにあげます。

さて「半蔀」のスジは？ と考えると少々とまどいをいたします。「半蔀」にスジがあったかしら？ と思うていどのものなのですから。それで道順だけを申しますと、――はじめに坊さんがあらわれて、花の供養をするよしをのべます。するとどこからともなくひとりの女が現われます。ボーッとした感じでいつあらわれたともなく、

「手にとればたぶさにけがる立てながらみよの仏に花奉る」

とつぶやきます。
坊さんは、「いったいそれはなんの花か？」と聞きます。

女は「夕顔の花でございます」と答えます。この場合、人間の女が夕顔の花を供養のために持参におよんだのか、それとも夕顔の花の精が、かりに女になってあらわれたのか、そのあたりは朦朧《もうろう》としてははっきりと区別はつけられません。しかしそれがお能のたくみな手段であるのです。鬘物の鬘物たるゆえんでもあります。

この朦朧とした女性は「半蔀」のはじめから終わりまでつかみどころがありません。その女は坊さんに、

「はっきり名のりませんでも、五条あたりにおいでくだされば、おわかりになりましょう」

ということばを残して、さまざまの花のかげにすいこまれるように消えうせます。ポッと咲いたみじかい命を終わる夕顔の花を、このごく小部分でも表現したことになります。

さて坊さんは五条のあたりをおとずれます。そしてお経をあげていると、また先刻の女がこんどは緋の袴に長絹《ちようけん》を着《ちやく》して優雅な姿をあらわします。（お能の多くは二段にわかれていて、最初の部分を前シテと言い後半を後シテと申します）

その上﨟は「半蔀」の象徴であるかんたんな家の形をしたもののなかからあらわれます。それは「ツクリモノ」と称される、竹で組んだごくかんたんな家の意味をあらわす物にすぎません。そして時間にしては約三十分間ほど舞い、暁をしらせる鐘の音とともに、また半蔀の中に消えてしまって終わりとなるのです。この舞を色づける謡のもんくはほとんど

全部「源氏物語」夕顔の巻からの借りものです。

この後シテもまた「源氏物語」の夕顔の巻の主人公の幽霊（小説の女の、そのまた幽霊なのですからこみいっています）であると同時に、夕顔の花の精でもあります。人間とも非情の精ともつかないのですから、りくつで解釈はつきません。ただはっきりと感じられるものは、いかにもこの女が薄命な「夕顔」であることです。源氏の作者が夕顔の名をつけたのは、あの巻の女の運命が夕顔の花に似ているからでありましょう。主題を源氏にとった「半蔀」の能の作者は、いかにもか弱くはかない、物によりかからなくては生きてゆけない、ある「ひとつのもの」だけあらわせばよかったのです。

「半蔀」の能に私が感じるものは、ほのぼのとした白さであります。それが「井筒」においては、しみじみとした紫であり、「芭蕉」においては、ひえさびた浅黄であったりします。よく「お能には芝居のように個性がない」といわれるのはこのように極端に抽象的であるからです。そのソレラシサには、ひとりの個性はないかわり、もっと全体的のものが表現されます。

現実の人間はおのおの個性をもっております。お能にとってはそれがうるさいのです。そんなじゃまな部分を全部捨てたときに、ひとつの性格のシンにあるものが外に出てきます。お能に現実の人間があまり現われる機会がないのは、幽霊のほうが、そのシンになるものだけが見せられるからです。お能の幽霊は、それゆえにあるひとつの人格のエッセンスであると言えます。それは実在の着物を着てお化粧をした人間よりもはるかに真実であるのです。

個性を超越したところにあらわれるこの真実性を表現する手段として、お能では幽霊のほかに天狗や鬼神を登場させます。この者どもはつごうのよい存在であります。自由に山をひといきにとび越したり、空を走ったりできるからです。すこしもふしぎを感じさせないのは、ちょうど私たちが夢のなかでさかさまに歩いてもふしぎに思わないのと同じことです。

またそのほかに狂人のかたちもとらせます。ある意味で私たちとは別の世界に住むこの人たちは、通常の人間よりもはるかに自分を離れた心をもつにちがいありません。花の散るのを見ては自分が花となって散るような気になる、そういう場面はいくらも「狂女物《きようじよもの》」の中に見出せます。それは狂人たちにはつねにワタクシがないからです。忘我の境にいるのですから、容易に「花」と化すことができる異常な精神状態にあるのです。

異常な神経の持主としてはさらに「神がかり」をあげることができます。これは自分が神さまになったツモリでいるのですから、なんでもできないことはありません。透視とか予言のようなものまで確信をもって言える人たちであります。これらの人々もまた主観とか客観の区別のない絶対の境地によねんなく遊ぶ人たちです。

狂人や神がかりと区別されるお能には、「遊狂物《ゆうきようもの》」と称される一種特別なものもあります。「自然居士《じねんこじ》」、「花月《かげつ》」、「放下僧《ほうかぞう》」などはこの中にはいります。この人々は実在の、しかも正気の人間ではありますが、みな禅のさとりを得て解脱した人たちでありますから、しぜん行ないが平凡でありません。狂人や神がかりと違うのはどこまでも絶対の境地を自覚し認識しているだけで、やはりふつうの人とは別の世界に住む人たちであります。

芸術家は自然に対してさほど忠実でなくとも、またその反対に自然がほとんど消滅していても芸術が成りたつことは、お能のもつ不自然さがもっともよく証明いたします。この不自然さは彫刻にも見られるのではないかと思います。百済《くだら》観音は崇高さをあらわすのに、人にはあるまじい丈高さをもっていたします。人間においては見られない直線の腕をもたせることによって、人間には見られない美しいやわらかさをあらわします。そして不自然であるべきものが、みなごくしぜんに私たちの胸にかんのんを流れこませます。百済観音に私たちは「かんのんの詩」を感じるのであります。

お能の目的とするところもまた、詩をうたうことにあります。それゆえにお能のひとつひとつの曲は、みな内に詩を秘めています。そして個性もなく、骨もなく、関節もない透明無色の幽霊をして、超人間的の行ないをさせることによって、その目的を達するのです。「半蔀」の幽霊は消え入りそうなふぜいをあますところなくしめして、はかない人生へのう詩となるのです。「羽衣」は終始ほがらかな天女であることによって、たのしい人生をうたう詩となるのです。

鬘物はほとんどいつもはじめから幽霊や草木の精として登場するのですから、あまり細工を必要といたしません。けれども狂人や神がかりは実在の人間である以上、「なぜ正気を失うに至ったか」ということを説明する必要があります。そのために「物狂《ものぐる》いの能」では、前半が正気で後半が狂人である場合が多いのです。たとえば家出をした子供の書置きをみておどろき、それを機会に狂人となるとか、夫の死を知らしに来た使いに会ったとたんに精神に異常をきたすとか、そうした細工がほどこされます。なかには、「隅田川」や「百万《ひやくまん》」のようにはじめから狂人である場合もありますが、かならずお能のなかのどこかで狂人となった理由を説明しています。すじをなめらかにはこぶために必要なこの部分は時間的にもみじかく、主眼とするところは、どこまでも狂人になってからの所作にあります。ですからお能の大部分は狂人でおしとおし、原因であるところのゆくえ不明の子供や夫にめぐりあうやいなや、たちまちケロリともとの人間にかえるというつごうのよい気ちがいであるのです。そして正気に戻った時はそのお能の終わる時です。「神がかり」も同じように神があがるやもう用はないのですから、さっさと退場してしまいます。

世阿弥の時代にはお能の曲はほとんど創作でありました。お能はいたるところに幽玄でなければならないことをもって作者の心得としました。幽玄ということについては古来学者がいろいろに説明しています。しかしこれもほんとうは、ことばでその本質を説明するわけにはいきません。それはちょうど鐘の音が近い人には近く、遠い人には遠く聞こえるようなもので、どうしても自分で知るよりほかありません。作曲のために世阿弥は「歌道を習え」とすすめています。それは歌をよみ習えと言うことではなく、詩歌の心を知ることです。

「鬼神をも和らげる歌の心」イクオール幽玄なのであります。その心をかたちにあらわしたものがお能に登場する「別世界に住む人たち」です。それゆえに、お能の鬼はただの鬼ではありません、「やわらいだ心」を持つ鬼です。幽霊も人間のオバケではなくて「幽玄なものの霊」なのであります。

その人たちの舞う舞はしたがって幽玄であります。別世界に住む人たちはすぐそのままで幽玄な舞にとりかかるのに適当です。舞にむちゅうになることにすこしの不自然さもありませんが、「現在物」では何かの口実をみつけて舞を舞わせなくてはなりません。もっとも多くつかわれる手段は、「酒宴をもよおす」ことです。お酒をのんでいいきげんでひとさし舞うのです。鬘物のなかでも「千手《せんじゆ》」や「熊野《ゆや》」などは実在の人間であり一種の現在物ではありますが、舞への陶酔へみちびくために彼らもまず酒宴をもよおすのでありま す。同じ鬘物のなかでも、ひどくコッているのは「二人静《ふたりしずか》」というお能です。それは最初に吉野の里の女がツレとして登場し、若菜をつんでいる最中にシテの静御前の幽霊がどこからともなくあらわれます。そして静の供養をたのむよしを言って消えうせます。ツレは帰宅してその由を人に語るのですが、一部しじゅうをはなしている中《うち》に急に気が変になって静御前のソブリをいたします。静の霊が里女にのりうつったのです。そして後シテの静が、――静の幽霊が、ふたたび白拍子の姿になってあらわれツレと一緒に相舞《あいまい》を舞います。幽霊と、そのまた影のようなモノとふたり登場するのですからだいぶこみいったくふうがほどこされております。

面について

面《おもて》もまた、お能の一部であるとともに中心でもあり、全体をもあらわします。能面は老若男女のほかに神や鬼畜の類があり、それがまたいろいろの種類にわけられているばかりでなく、流儀の主張によってそれぞれ用い方がちがうものもありますので、面だけでも一冊や二冊の本では語りつくせません。鎌倉より足利時代の作が多く、それらの面は本面と称されてお能の家に奥深くたいせつにしまわれてあります。ふだん用いるのはこの本面のウツシが主なのですが、それにもできのいいのや悪いのがあるのですから、いちがいには言えません。お能に基本の型があるように能面にもそのように基本の型があるのです（面については野上豊一郎氏の著書にくわしく説明のついたものがあります）。

ひとつの面がいくつものお能に用いられる場合もあり、ひとつのお能にしか通用しない特殊な面もあります。そのなかでもっとも使い道の多い面の一例は「若い女の面」であります。「若い女」と申しましても、若女《わかおんな》、小面《こおもて》、増《ぞう》、万媚《まんび》、孫次郎《まごじろう》などの種類があり、そのひとつひとつがさらに分類されております。「雪の小面」、「花の小面」、「節木増《ふしきぞう》」などのようにとくべつの名まえをもつ作もあります。それぞれの主張により観世・梅若では若女を、宝生では増を、金春《こんぱる》・喜多では小面を、金剛では孫次郎を主に用いるようになっています。六つの流儀を上下に区別して観世・梅若・宝生を上がかりとよび、金春・喜多・金剛を下がかりと申します。金剛の孫次郎は小面の種類に属しますから、下がかりでは若い女に小面を用いると言ってもさしつかえはないと思います。小面のモトの作者は鎌倉時代の龍右衛門です。お能に無表情な能面をすでにその時代に必要としたことが小面によってうかがわれます。小面は若女や増と比較するといくらか年若に見えます。若女の面は梅若にたいそうよいのがありますが作者は不明です。宝生で用いる増の本面は足利時代の増《ぞう》阿弥《あみ》の作ですから時代は小面よりいささか下ります。

これらの若い女の面を終始つけるのは主に鬘物かあるいはそのなかに含まれてもよい曲であります。例をあげれば「松風《まつかぜ》」、「熊野」、「野宮《ののみや》」、「江口《えぐち》」、「采女《うねめ》」、「半蔀」、「井筒」のようなお能です。若い女の面をつける場合にかぎり装束は赤のはいった華美なものを用います。

面のなかには瞬間的な表情をつかんだものも多くあります。天狗や鬼畜の類はすべてはげしい表情をしていますが、この種の面の代表的の作者は鎌倉時代の赤鶴であります。面の名称には、飛出《とびで》、獅子口《ししぐち》、般若、蛇《じゃ》などの種類でこれもまたたくさんに分類されております。このように強い躍動をしめす鬼の面の類はお能の舞台上に十分とはいないで幕にはいってしまいます。そのまったく反対の表情をもつのが女面であります。表情が無に近いものであればあるほど、舞台において活かされるのです。面がもしなにかの表情をもつとしたらそれ以外の顔はできなくなります。いくら美人でも、二時間近くもの間ただほほえんでいるだけだったら人はうんざりするにきまっています。

面をはじめてつけたとき先生が私にむかって注意されたことを思い出します。

「面は顔へかぶるものではありません。自分の顔を面に吸いつける気持をおもちなさい」と。装束をつけ終わったのち、鏡の間の床几《しょうぎ》にかかって最後に面はこのようにしてつけられるのです。若い女の面は頭のうしろで紫の紐によって結《ゆわ》かれます。その色もまたそれぞれ面によってちがいます。頭のうしろで紐を結く個所のことをアタリと言います。そのアタリどころは低すぎても高すぎてもゆるすぎてもすべるので、結くにはちょっとしたコツがいります。面をつけ終わったときには、シテはすでに舞台にいるのと同じ気持です。自分というものが遠くはなれてゆくような感じをすでにもたせます。

そして幕の前に立って出を待ちます。とくに重い能のシテはその間も床几にかける権利をもっています。幕をあげる合図はシテ自身によって「オマーク」の声をかけます。幕がしずかにあがるとき、目の前に一すじの道が開かれます。とつぜんにまったく別の清浄な世界があらわれるようなすがすがしい感じをあたえます。花がひらくのをみているような、そんな気持です。

面は木彫りで、内側はぬってあるのも荒くけずったのもあります。どちらにしろ人間の顔とはちがう位置に目や鼻や口があるのですから、自分の鼻がつかえたり口がふさがったりいたします。宝生その他の流儀ではじかに顔につかないように小さなフトンのようなものを額にあてて面をつけますが、梅若ではじかにつけます。若い女の面は目のヒトミの部分に極く小さな穴があいているきりですが、それはなるべく見えないほうがよいからです。鬘物はお能のなかでももっとも精神の集中を必要とするために、なるべく外は見えないにかぎるのです。小さな穴から外部を見ると第一に距離がはっきりいたしません。五、六間先の橋掛りの松にぶつかりそうな錯覚をおこします。見物の顔もすぐそばに見えるので今にも舞台から落ちそうな気がします。第二に、足が見えないということはひじょうに身体の平均を保ちにくくさせるので安定を欠きます。第三に、身体全体が厚くおおわれているので地謡や囃子が遠くのほうで聞こえるようなふしぎな気持におそわれます。いくらお能になれて平気でいても、自分がうたう謡でさえ自分でうたっているような気がしません。お能はそのようにしてシテを極度に緊張させつつ、しかも無意識の状態に誘いこむようにできているのです。

それは俗に言うアガルこととは違います。どんなにおちつきはらって見物を無視しようと、顔から身体全部が窮屈な箱のなかに、蒸風呂のなかにはいっているようなものですから、いろいろのことを考えるといっても自分のへやの机の前で考えるのとはたいへんな相違です。どうしてもまとまりのつかない、ばくぜんとした考えかたになります。そのうえ最初から「考えるな」とされているのですから、むりに考えるのも億劫なような、そういう気持になります。いわば、どうしようとも成るようにしか成らぬのです。しぜんに無意識に謡ったり、機械のように手足を動かすハメにおちいるのです。身体ばかりでなく目で見ることまで不自由であるからこそ、その目的が達せられるのでありましょう。下手は下手なりにあるていどお能の真の自由がこの不自由をとおして感じられます。そして自分の能力全部をお能のなかにこめて、自分には「これ以上できないがこれ以下ではないこと」をはっきり証明できるのです。虚飾をもってわが身をかざる余地がないために、しぜんまじめになるより他のことはできなくなります。

半分夢心地になった状態は意識がにぶくなるために催眠術にかかりやすくなります。お能の地謡や囃子は催眠術的効果をシテにおよぼすものです。どこからともなく聞こえてくるこの世のものではないような一種の音は身体をとかしてゆくような感じをあたえます。しだいに透明になってゆくような錯覚をおこさせます。

お能のなかでも鬘物はもっともその感じをもたせやすいのです。専門家に聞いてもお能のなかで一番むずかしいはずの鬘物は一度その味をおぼえるとむしろ演じやすいと言います。鬘物の味とはすなわち幽玄のことです。問題はむしろ鬘物の圧迫感をもちこたえるだけの体力、あるいは精神力にあるのです。「演じやすい」というのは「位がとりやすい」ということで、すなわち鬘物全体の付属物がいちばん人を無意識状態にみちびきやすいことになるのではないかと思います。

それに反して面を用いぬ直面物はやりにくいと言います。お能はけっして面をつけないためにテレルなどというあまい気持をもつ余裕はないのですが、「やりにくい」というのは、「精神の集中がやりにくい」のです。

この一種の陶酔状態はよい気持でも悪い気持でもなく、まったくネムリのようなものとしか形容できません。夢を見るのではなく、――夢を見ぬほどよく熟睡した気持とでも言いましょうか。しかし精神は極度に緊張しているのですから、「さめきったネムリ」とでも言うより外ありません。鬘物の幽霊は観客にこの「さめきったネムリ」をあたえるにもっとも適するとともに、演者もまた今まであげた事情のもとに透明なお能の幽霊に化しやすいのであります。

無表情の女の面はほんの心持ち上をむくだけでほがらかな表情をもつことができます。またほんのちょっと下をむくときは目のはれぼったい泣顔になります。それゆえに上をむくことを面をテルと言い、下をむくことをクモルと申します。作者がこまかい神経をつかってくちびるに工作をほどこすとか、すこしばかり上瞼《うわまぶた》を厚く彫るとかしたことによって、微妙な心の動きが自由に表現できるのです。仏像が下から見あげてはじめて仏の顔と見えるようにこしらえてあるのと同じようなものです。

面はどの種類でもそのお能にふさわしいだけの表情がもてるように作られています。泣く必要のない翁《おきな》の能の面はいつでも笑っています。鬼はしじゅうおこっていますし、天狗はいつもにらみつけていると同時にどこか間のぬけたかわいらしさがあります。陰惨なお能にのみ用いられる面はつねに憂鬱そのものであります。そのなかでも女の面は泣いたり笑ったりしなければなりません。同じ女の面が人のなげきを知らぬ「天女」にも用いられ、あるときは露のように憂いをふくんだ「下界の女」の顔もしなくてはならないのです。一曲のなかでも前半には悲しみをあらわし、後半は飛び立つほどのうれしさをあらわす「熊野」の能のようなものもあります。一時にいろいろの表情を必要とするものは若い女の面ばかりでなく、年増の女の「深井《ふかい》」、「曲見《しやくみ》」の面においても同様です。年増の女をシテとするお能はおおむね「狂女物」と称されます。きちがいのことですからいきなりほがらかになったり、瞬間的に気がめいったり刻々に変化しなければなりません。このほとんど無理な注文を能面の作者が逆効果をねらって表現しえたことは称讃しつくせないものであります。

およそ世のなかのもっともデリケートなもののひとつに能面をかぞえることができます。ソヨとの風にも散る花びらのように鋭敏であります。あらゆる意味でこわれもののようにあつかわなくてはなりません。女面とか老人の面とか無表情な面ほど、取扱いには注意を要します。型はひかえめにすることが必要となり、右左を見まわすときでも、わずかに首を動かすか動かさないで面は実際以上のハタラキをします。わずかに五分ぐらいの首の動きで面は横をむいてしまいます。たとえ謡の文句では、月が中天にかかっていようとも、面をつけてならば「海上からのぼる月」を見るていどでよろしい。ということはほとんど上など見あげる必要はないのです。足元の月影を見るには、首に少々力を入れるていどで面は完全に下を見ます。その実、面の穴から下を見ることは不可能です。ここに「胸でみること」が必然となります。それは教えられなくても自分で習得せざるをえません。

ワキや作り物などはちょうど面の目の位置にあるのですからよく見えます。目で見えるものですからうっかり「胸でみること」を忘れさせます。目で見てしまうと、目のほうに自分の気がゆくために、見物には気のぬけた型にみえるおそれがあります。それゆえに直面の能はまたむつかしくなるのです。直面ではいくらか型も大きくする必要があります。そしてどこでも見えるのでかえって身体の力がぬけることがあるのです。

目で見ることを不可能とするなかには、「扇を開くこと」もはいります。ほとんど型とはいわれぬほど単純な型ですが、もし目で見て扇をひらくとしますと、ちょうど強度の近眼の人がピントをあわせようとする恰好になります。どうしてもそれは長い袖の下から手サグリでするほかありません。

単純な扇ひとつあける型、それひとつにも全能力がはいっているのです。そのためにたとえ事実は手サグリでしても、ふつう扇を開くとき見るように面の視線は扇の上にあるのです。すべて手サグリ的の行動はカンとも言えます。お能ではこのカンといえるものと修練とのふたつが必要なのです。そしてどちらかと言うと修練のほうが主なのです。それに「なれること」によってカンの部分もおぎなわれるのですから。

面をつけない仕舞《しまい》というものもまたむつかしくなります。仕舞はお能の舞のみのみじかい部分を囃子ヌキで舞うものです。前もって雰囲気をつくるものがないところへ、装束もつけずにいきなり舞台へ出て舞うのですからよほどの上手でなければひとつのお能の美しさを見物につたえることはできません。美の一片はつねに全体をあらわします。みじかい仕舞ひとつでもって完全にお能全体をあらわさなくてはならないのです。その点は素謡《すうたい》も同じです。謡だけでそのお能を味わわせるのですから、名人の謡はお能をみるのと同じほどのまんぞくをあたえることができます。謡だけが上手な名人というものはありえません。謡というものは、声がよかったり節がうまいだけでは謡とは言えないのです。

第四章　古びぬものたち

信玄のひょうたん

友達の家に、武田信玄が用いたというひょうたんがある。ひょうたんといっても例の胴がくびれた徳利ではなく、たっぷりした筒形のひさごを輪切りにし、弁当箱にしたてたものので、いかにも戦場で用いたような、堂々とした姿の名品である。

ひそかに狙っていたので、先月その友達に会ったとき、あのひょうたんは未《ま》だお家にあるのか、聞いてみると、実はあれには変な伝説があるので、お祖母様がどこかへかくしてしまい「私にも見せてくれないんです」と、次のような話をしてくれた。

伝説によれば、それは信玄が非常に愛したもので、ある時、隣国の大名から、その弟を人質として渡されたとき、引出物に送った。

ところが、数年たって、相手の大名が、敵方につかねばならぬ羽目におちいった。信玄は、彼の苦衷《くちゆう》を察し、人質の弟を返してやろう、そのかわり、ひょうたんは此方《こちら》へ戻せ、といってやった。が、喜ぶと思いのほか、あの美しいひょうたんを手放すくらいなら、弟なんかいらないという返事が来たので、信玄は大いに怒り「そんな人情味のない奴の弟は生かしてはおけぬ」と、直ちに切って捨てたという。

現代人には、野蕃《やばん》な行為とうつろうが、乱世には乱世の道徳というものがある。信玄の生きた時代を背景にして見れば、こんな筋の通った、さっぱりした話はない。彼の魅力も、そういう所にあったと思うが、戦乱の巷《ちまた》をどう生きぬいたか、このひょうたんも信玄に似て、大まかな形の中に、深い味をたたえている。

骨董にはよくこうした伝説がつきまとう。だから薄気味わるいという人も、よけい興味をもつ人もいる。が、信じるにしろ信じないにしろ、お話というものは、物がよくなければ決して生れては来ない所が面白く、こんなひょうたんをいじっていれば、私だってそのくらいの夢は見かねない。そしてこのひょうたんには、既に後日譚というべきものさえついているのだ。

先の事件があって以来、その持主の弟が必ず死ぬという言い伝えである。現に、友達の祖父に当る人――これが元の持主だが、買って直ぐに弟さんを亡くし、二代目の弟さんも、不慮の死をとげた。案外第二の伝説は、そこから生れたのかも知れないが、二度も不幸な目に遭われたのでは、かくしたくなるお気持もよくわかる。ひょうたんから駒が出るとは正にこのことで、平凡なそこらのひょうたんからは、中々こんな因縁譚はとび出さない。

ひょうたんというものを、いつから使いはじめたか、私は知らないが、別名葫蘆《ころ》ともいうから、たぶん中国南部あたりから輸入されたものだろう。

室町時代から桃山へかけて、漆器やきものの模様に盛んに用いられたのを見ると、日常の道具として、よほど古くから使っていたに相違ない。丈夫な上に、軽い所が実用向きだったのであろうが、しじゅう見馴れていなかったら、あんなに美しい蔓《つる》の姿や、音の感じまでとらえることは出来なかったであろう。きものや道具の模様一つにしても、突然何かが現れる場合は殆どない、ただ外からそんな風に見えるだけで、開花するまでには長い年月を要するのだ。

軽くて、つかまえ所のないことから、ひょうたん鯰《なまず》などという言葉も出た。先の話にしても、つかまえ所がないのは同じことで、単なる偶然と片付けるのはやさしいが、偶然も度重なれば疑いたくもなる。で、ふだんは往生際の悪い私も、この度だけは、御老人の意志を尊重し、信玄のひょうたんはあきらめることにした。

私の次男は今英国に行っているが、先日こんな話を書いて来た。中国の留学生と、他に数人の英国人と散歩している時、見事な大木に出会った。四方に枝をはって、木蔭をつくっているのが、たった一本だのにうっそうとした森のように見える。みんな感心して、眺めていると、その中国人が息子に向い、

「この木にはコレがありますね」

と、紙片に漢字で「樹霊」と書いてしめした。

二人の東洋人は、うなずき合ったが、英国人の友達が「何だ、何だ」としつこく聞いても、どうしても説明することは出来なかったという。したら笑い話にしかならなかったであろう。ふと、そんなことを思い出したのも、ひょうたんから出た駒の一つか。

明恵上人のこと

「華厳経《けごんきよう》」について、私はほとんど何も知らない。明恵上人《みようえしようにん》を書いた時、いうまでもなく明恵は華厳中興の祖と呼ばれる人だから、一応知っておかねばならないと思い、読んでみたが、一応どころか一生かかっても及びもつかないことがよくわかった。それは東大寺の大仏の蓮弁《れんべん》一つを見てもわかるはずのことで、改めて自分の愚かさを思い知るだけに終った。

今度出版される本（『仏教の思想』）は、きっと私の望みを叶えてくれるだろうと、楽しみにしているが、そういうわけで、こんなところに書く柄ではないと、何度もお断りしたが、編集者さんは強弁で、では何故明恵に興味を持ったか、その動機について語れという。動機なんてものは、当人にもはっきりしないものだし、いえたところで面白いはずはない。面白くないのは承知の上で、仕方がない、思い出してみることにしよう。

明恵の名を覚えたのは、実は大変小さな時なのである。「春日竜神《かすがりゆうじん》」の仕舞を、梅若實さんに習っていた。春日竜神というのは、天竺《てんじく》へ行きたいという明恵上人を、春日の明神が引止めるお能であるが、その止める所がなかなかうまく行かない。「はい、もう一度。ミョウエショウニン、サテニットウ（入唐）ハ、トマルベシ。トテン（渡天）ハイカニ、ワタルマジ……」。手どり足どり何十ぺん直されたかわからない。實さんは、子供に対しても、そんな熱心な先生であった。

小学校へ上る前のことだから、むろんミョウエが誰か、トテンが何か、知る由《よし》もなかった。ただそこの所の語呂のよさとか、はずみがついて行く面白さとか、他愛もないことが印象に残っている。が、いくら他愛なくとも、白紙の子供心に刻みつけられた記憶ほど強いものはない。今でも明恵というと、私の耳に聞えてくるのは實さんの、「ハイ、ミョウエショウニン」という肉声であり、両手を持って示された形であって、高邁な華厳の思想でもなければ、仏教の教えでもない。上人には申しわけないけれども、そんなふうにして、明恵の名は、私にこびりついて離れなくなった。

十年余りたって、はじめて高山寺の「明恵上人樹上座禅像」を見た時は、だからはげしい衝撃を受けた。その後、京都の博物館で修理中、工房の中でゆっくり見せていただく機会を得た。美しい松林の中で、明恵が一人瞑想にふけっており、小鳥がまわりを飛び、栗鼠《りす》が上から見おろしている。何という和やかで、力づよい風景。最初の印象は消え失せたが、どこからともなく静かな感動が湧いて来て、よく知っているくせに、まったく未知の人間のように見えた。

動機といえば、それが動機かも知れないが、せっかちな私は、すぐにもこの優れた坊さんを書きたいと思った。そのことを小林秀雄さんにお話しすると、「生意気な！」と一言のもとにはねつけられ、私はがっくりなった。十五年ばかり前のことである。だが、私はあきらめたわけではなかった。その間に、伝記を読んだり、紀州の遺跡を訪ねたり、高山寺へ通ったりして、いつか書ける日が来るかも知れないと念じていた。亀井勝一郎さんにもお目にかかった。亀井さんは上機嫌で、大変よくお飲みになり、鎌倉時代の仏教について、いろいろ親切に教えて下さったが、後から聞くと、もうその時は病状が進んでおり、癌ということもご承知で、翌日入院されたという。私は亀井さんをよく存じあげなかったが、そういう方だと後に知った。

その時のお話に、おかしなことがあった。亀井さんは私に、しきりに明恵を書くようすすめられ、「小林君もあんなにすすめていたではありませんか。わたしはあの時傍にいて、聞いていたのですよ」といわれた。今もいったように、私は小林さんに一喝されたことしか記憶にない。だから、二度と話題にした覚えはない。にもかかわらず、亀井さんは、断じてそんなはずはないといわれる。これはどちらかが間違っているのかもしれないが、おそらくそうではないだろう。人は、自分の聞きたいことしか耳に入らぬものである。きっと私は、自分で内心「生意気な」と思っていたから、小林さんの何げない言葉をそう受け取ったので、亀井さんはといえば、人事なのでいい方にとって下さったに違いない。些細《ささい》な私事にすぎないけれども、私には今もって薄気味わるいことに思われる。大きくいえば、歴史というものも、そういった工合にでき上っているのではないだろうか。

それがきっかけとなったかどうか、私にもよくわからないが、とにかくそういう次第で私は明恵上人を書いた。が、いまだに「生意気な」と思っていることに変りはない。明恵は書いても、私にとって、それはまだ終ったわけではないのである。

無言の言葉

ある明け方、雪景色がおもしろいので、ふと思い立った（津田）宗及《そうぎゅう》が、利休のもとをおとずれた。はたして、露地の戸が細めに開き、香のかおりがただよう茶室にともしびの影がゆらめいている。利休は、十徳《じっとく》姿で迎えたが、しばらくあいさつなどかわすうち、水屋の戸をたたく気配に、醒《さめ》ヶ井《い》まで水をくみにやったのが帰ったとみえる、とつぶやきつつ釜をひきあげ、勝手へ立っていった。客が炉の中を見ると、まことにいい具合に炭がおこっている。が、水をかえたのではもう少し強いほうがいい、炭をつぎたしているところへ、主《あるじ》が帰って来たので、その由をいうと、利休は大いに喜び、「かやうの客に会ひてこそ、湯わかし、茶たてたる甲斐はありけれ」と、後に弟子たちに語ったという。

私はこの風景が好きである。伝説かも知れないが、伝説にしては、何でもなさすぎる。その、何でもないところに、よく仕組まれた舞踊でも見るような、完全な調和とリズムが感じられ、雪の降り積む音さえ聞えてくるような気がする。いや、そんな言い方も空々しくひびくような、ぴたりとしたものがある。利休は後に「かやうの客に会ひてこそ、云々」とほめたかもしれない。が、そのときは、言葉の入る余地もないほど、満ち足りた思いでもてなしたことだろう。人間のつきあいには、社交と呼ばれるものとまた別な、饒《じょう》舌《ぜつ》も理解も必要としない世界がある。

達人でなくとも、忘れがたい瞬間というものは、一生のうちに何度かあるものだ。が、さて、いわんとすれば、何もない。二度と再び還《かえ》らない、そういうかけがえのない時をとらえて、芭蕉は「命二つの中にいきたる桜かな」とうたったが、茶道も別のことを語るものではないように思う。うかうか過したら、見のがしてしまうような体験を、物を媒介にたえずつくり出す機会を与える。芭蕉の桜は、たとえていえば利休の炉だ。それらのものがなかったら、この二人の友情は、ひとり合点の感傷に終ったことだろう。十七字の組合せが俳句をかたちづくるように、道具をめぐって、人間の心と心がふれ合う。眼に見えぬ生命は、器物の形の上に、はじめて己《おの》が姿を得る。

利休は、「茶の湯とは、ただ湯を沸かし茶を点てて飲むばかりのものと知るべし」といったという。茶道の美や精神を云々する現代の宗匠とは比べものにならぬ単純明白な言葉である。かれにとって、茶道とは、かの宗及が、雪の降りしきる中をたどった道、あるいは露地から茶室へいたる道、または茶碗を手にとって飲むまでの道、そういったことを意味したに違いない。端的に、眼に見えるものの姿しか信じなかった。この思想は、茶碗の銘にまでおよんでいた。大きくて黒いから大黒《おおぐろ》、大急ぎで舟でとりよせたから早船、皆が取った後に一つ残ったから木守《きまもり》、古歌をひねくりまわして、意味深長な名前を考えた利休以前の趣味とは雲泥の差といえる。

だが、いくら桃山時代でも、雪がおもしろいからといって、ふらりと訪ねてくるような客はまれだった。茶人ははくほどいたけれど、炭が足りないから、つぐといったような、ごく当り前なことをしてくれる人もいない。利休を愛しているにしろ、恐れているにしろ、同じことである。ああ、なんと「ただ湯を沸かし茶を点てて飲むばかり」のことが人間にはできにくいか。この、ほとんど口を閉ざした定義には、そういう嘆息がこめられているような気がしてならない。

西行のゆくえ

西行については、昔から多くの本が書かれている。その全部に眼を通したわけではないが、私は西行の歌が好きなので、比較的たくさん読んでいるほうである。にも拘らず、西行という人間がもう一つつかめない。とらえたかと思うと、水のように手の中から流れ出てしまう。そういえば、いつかどなたかがこんなことを書いていた。

——人間のことを書く時は、その人間が自分の眼前に現れて来る。ふと気がつくと、庭の中を歩いていたりするものだ。が、西行だけはどうしても現れてはくれない。現れてもすっと逃げて行く感じがする、と。

その言葉どおりではなかったかも知れないが、私もまったく同感だったので覚えている。かといって、それ程むつかしい人間ではない。むしろ単純率直にすぎることが、我々凡人を惑わすのであろうか。歌も俗語を多く使っており、特殊なものをのぞいては、現代人にもわかりやすく、同時代の歌人たちのように、もって回った言い方をするでもない。

世の中を捨てて捨て得ぬ心地して
都離れぬ我身なりけり

捨てたれど隠れて住まぬ人になれば
猶《なほ》世にあるに似たる成けり

実に自然で素直な歌なのである。出家をしても、仏道一筋に打ちこむわけでもない。その不徹底をなじる人もいたが、西行が志したのは、仏教の向こう側にある広大な天地で、窮屈な教義に縛られるのを嫌ったのではあるまいか。佐藤一族の財力をもってすれば、僧正の位も望めたであろうに、一生を法師のままで終わったのも、彼の望みが別の世界にあったことを語っている。

第一、なぜ出家したのか、それも判然としない。或いは失恋をしたとか、親友に死に別れたとか、また崇徳《すとく》上皇や藤原頼長《よりなが》のような、親しい人々が失脚したからだとか、乱世に絶望したためとか、いろいろの説がある。人生の一大事に直面した時は、別に西行でなくても、誰でもあるきっかけがあって決行するものだが、その背後にはさまざまの理由が重なっているのがふつうである。時によっては自分にもかくされた原因があったりする。西行の場合も、何とはっきりわり切ることはできなかったに違いない。

様々の嘆きを身には積みおきて
何時《いつ》しめるべきおもひなるらん

いざさらば盛り思ふも程もあらじ
藐姑射《はこや》が嶺の春にむつれし

山深く心はかねて送りてき
身こそ憂世を出でやらねども

「藐姑射の嶺」は、仙洞御所《せんとうごしよ》の意味で、その身は北面の武士として、また歌人として、浮世の塵に交わっていても、心は常に遁世《とんせい》を想っていたことは紛れもない。彼は二十三歳で出家したので、これらの歌が幼く聞こえるのは止むを得ないが、西行の歌境が円熟した後も、「しめるべきおもひ」の火が消える時はなかった。いつもこの世とあの世の間を往《い》きつ戻りつしながら、その微妙なたゆたいの中で成長して行ったのである。

雲雀《ひばり》たつ荒野に生《お》ふる姫百合の
なにに着くともなき心かな

かへれども人のなさけに慕はれて
心は身にも添はずなりぬる

「かへれども」は、山寺に帰ってもの意であるが、西行のわかりにくさは、一見優柔不断とも見える心の優しさにあるのではないか。というより、その孤独な心弱さに耐え、恐れず迷わず従ったところに彼の強靱な精神が見出せるように思う。西行は仏教にさえ「着く」ことがなかった。いや、仏教の教えとは、他ならぬ執着心を断つことにある。彼は独特の工夫で、天が与えた困難な道を切り開いて行った。それは神にも仏にもすがらず、自分の内なる声に忠実であることによって、悟りを開いたといっても過言ではあるまい。月や花を友としたことは今さらいうまでもないが、時には淋しさまでも心の支えとなった。

とふ人もおもひ絶えたる山里の
さびしさなくば住み憂からまし

あかつきのあらしに比《たぐ》ふ鐘のおとを
心のそこにこたへてぞ聞く

いつごろ詠んだものか知らないが、私は次の歌も好きなうちの一つである。

籬《ませ》に咲く花に睦《むつ》れて飛ぶ蝶の
羨しくもはかなかりけり

やがて西行は一羽の蝶と化して、虚空のかなたへ飛び去って行く。もはや誰にもとらえることはできない。そのとらえがたさが彼の真実の姿であってみれば、庭の中などに現れたりしてはむしろ迷惑に感じる。そして逢いたくなった時は、悠久の空を仰いで、そこにただよう雲を眺めて、あすこにあたしの西行さんがいる、もうどこへも逃げっこない、そう思って安心するのである。

風になびく富士の煙《けぶり》の空に消えて
行くへも知らぬわが思ひかな

坂のある風景

私が生れたのは、麹町区《こうじまち》（現・千代田区）＊永田町一丁目十七番地である。現在、自民党本部が建っている隣りの、ＩＢＭのビルがあるところで、市電の停留所を、平河町といった。戦争前までは、赤坂見附から英国大使館のあたりまで、大木の桜並木がつづいており、花の頃はみごとであった。家の前を宮城の方へ下って行く坂道を、私は長い間三宅坂だと思っていたが、それは間違いで、半蔵門から桜田門へ行くだらだら坂がそれであると、つい最近になって知った。徳川時代にその辺は武家屋敷で、小さい道が入り組んでいたが、明治になって電車をつけるために、真直ぐの広い道に直したと聞く。今は高速道路が通って、とても人間が住めるような場所ではないが、私が子供の頃は、人通りも稀な邸町で、たまたま通う市電のほか、物音一つ聞えなかった。

赤坂見附から平河町へ登って行く坂道を、「富士見坂」と呼ぶことも、後に知ったが、富士山を見た記憶はない。もうその頃には家が建てこんで、九段や本郷の「富士見坂」からも、富士の霊峰を望むことはできなくなっていた。ついでのことに書いておくと、東京都内に「富士見坂」は十八ヵ所もあるそうで、江戸の人々が富士山を遠望することに、どれほど大きな喜びを感じたか、それは生活の一つの指針となっていた事実を物語っている。

永田町の家は、英国人のコンドルさんの設計によるもので、イギリス風のがっちりした西洋館であった。その後、家族は大磯に引移り、三菱の串田万蔵氏にゆずったが、第二次大戦の頃は、吉田茂氏が住んでいられた。大正十二年の震災に、びくともしなかったその邸も、戦火には抗しがたく、ついに空襲によって焼け落ちた。さすがにコンドルさんの建築はしっかりしたもので、厚い壁や漆喰を壊すのに苦労をしたと、吉田さんからうかがったことがある。

学習院も永田町にあった。家から歩いて二、三分のところで、平河町から霞ヶ関の方へ曲る「三辺《さんべ》坂」に面していた。私の母も、姉も、私もそこへ通ったが、母の時代（それは明治の中頃である）には、お振袖に緋の袴をはいて、人力車に乗って通学したという。私が三歳ごろのこと、その校舎が火事になり、学校が燃えているというので、皆で見に行った。風のない昼下りで、太い黒煙がまっすぐ空へのぼり、母と姉と供の者と並んで、なすすべもなく見守っていたことを、影絵のように覚えている。

幼稚園は四谷の、今学習院の初等科の建っている中にあり、私は毎日外濠《そとぼり》線（新橋から飯田橋へ至る間のお濠にそった電車）に乗って通った。紀伊国坂を歩いて往復することもあった。小学校へ入ったお祝いに、自転車を買って貰い、赤坂離宮から弁慶橋をすぎるまで、ブレーキをかけずに下ると、富士見坂の途中まで登れる。その冒険を私は楽しんだが、人通りがないから出来たことなのだ。紀伊国坂は、今でもゆるやかな坂道で、緑が多いことも、昔の風景とそう変ってはいない。人間の記憶は不確なものだから、当てにはならないが、今でも弁慶橋から、大久保利通が殺された清水谷公園のあたりを歩いていると、よどんだ堀や木々のたたずまいに、昔の面影が残っており、ふと子供の頃に還った心地がする時がある。

平河町の学習院へは、小学三年生まで通い、その後学校は青山へ移った。もと青山の練兵場があった原っぱで、現在の外苑に向って左手に当る。通学するには、前よりいく分遠くなったが、電車の停留所にすれば、三つ目でしかない。桜の咲く頃は、よく歩いて通った。赤坂見附の、今サントリー・ビルが建っている角に、木村屋があり、ジャムパンやアンパンを買い食いすることもあった。そこから豊川稲荷の方へ、四、五軒よった所に、松葉団子というおだんご屋さんがあって、おいしかったのを覚えている。私は昔のことを思い出すのがあまり好きではなく、したがって不得手であるが、食べものに関するかぎり、忘れられないのは、よほど食いしん坊なのかも知れない。

新築の学習院が建った青山の原は、文字どおりの茫々たる荒野原で、「なんじゃもんじゃ」という木が、たった一本生えていた。私たちは毎日そこで道草をし、ばったを捕ることに熱中した。雪の時は、白一色の銀世界に変貌し、一番先に行った人の足跡をたよりに歩くという、スキー場なみの風景を現出した。スキーはまだやらなかったが、雪合戦や雪達磨《だるま》を作って、私たちは結構たのしんで遊んだ。私は十四の年にアメリカへ留学したが、四年経って帰国した時には、もうかつての面影はなく、道も整備され、多くの樹木も植わって、名実ともに立派な「外苑」に変っていた。が、私にとって学校といえば、荒涼とした原っぱに、ばったが飛んでいる風景で、それは故里《ふるさと》を思い出すようになつかしい。「なんじゃもんじゃ」の木は、今でもどこかにあるらしいが、辞書をひいてみると、人が口にすべきでない尊い大木の意で、神木のことだから各地方によって種類が異なる。東京の外苑にあるのは、「ひとつばたご」という品種だというが、植物にくわしくない私には依然として「なんじゃもんじゃ」である。五十年以上も経てば、みごとな大木に育っているに違いないが、それにしても、はじめはどこの神社の神木だったのであろうか。

大正大震災の時、私どもは御殿場の別荘にいた。先にもいったように、永田町の家は健在であったが、市内は混乱を極めたし、学校も長い間休校していたので、私どもは沼津や静岡のあたりを転々としていた。私の記憶では、山の手にはさしたる被害はなかったが、下町方面は惨憺《さんたん》たる有様であった。秋の半ばに帰京して、被服廠《ひふくしよう》と回向院《えこういん》にお参りした時は、黒々とした土の中に、焼死体の油と汗がしみこんでいるようで、子供心にも名状しがたい悲惨な思いを味わった。二度とこういう惨事は見たくないものだと思ったが、それから二十年後に、再び戦災によって東京が壊滅しようとは、夢にも考えてみなかった。が、二度とも復興して、今日の繁栄を見るに至ったのは、不死鳥のような生命力を秘めているに違いない。今後、どのような不幸な目に会おうとも、そのことを信じて生きて行きたいと私は思っている。

私は小学校へ入る前から、お能を習っており、週に一度は厩橋《うまやばし》の梅若さんに通った。その舞台も震災で焼けたため、梅若家は一時渋谷の道玄坂の近くに移った。学校の帰りがけに、稽古に行くのが便利になり、私はしじゅう入りびたっていたが、梅若家には同年配のお子さん達もいられたので、稽古の後で渋谷へ出るのが楽しみだった。震災後、一番早く開けたのが道玄坂で、長い暗闇の世界に、花が咲いたような心地がしたものである。しばらく経って、再び厩橋のたもとに、新しい舞台が再建されたが、それも戦争で焼けてしまった。子供の時から手を取って教えて下さった實先生も、六郎氏も、今はこの世にない。

浅草や上野は、昔はそう遠い所と感じなかったのに、めったに行くことがなくなったのは、年の故ばかりとはいえまい。この頃の交通地獄では、せいぜい銀座どまりだが、銀座は幼い時から親しい街であった。三宅坂を下って、参謀本部のわきを通り、お濠にそって桜田門へ出ると、日比谷が目の前に見える。車の往来がはげしくなっただけで、お濠端の風景は殆んど昔と変ってはいない。霞ヶ関をぬけても、ほぼ同じ距離で銀座へ行けたが、こちらの道は大いに変った。変りすぎて、時々戸惑うくらいである。

国会議事堂が建つ前は、大名の邸宅が軒をつらねており、その間に外国の大使館や官庁があって、虎の門の方へ下る坂道には、華族会館と東京クラブが並んでいた。前者ははじめ帝国ホテルのかたわらにあったが、いつの頃か霞ヶ関に移り、現在は霞会館と名前を変えて、霞ヶ関ビルの中にある。東京クラブは古風な赤煉瓦の建物で、英国式に女人禁制であった。が、年に一度だけ、女が入っていい日があり、私は父に連れて行って貰った。どの部屋にも大きなテーブルと、皮のソファが置いてあって、葉巻の匂いがたちこめていた。あのどっしりとした落着きと、格調の高い雰囲気は忘れられない。明治時代の外国崇拝の名残とはいえ、クラブがバアの別名となった今日、あのような本格的なクラブは二度と再現できないであろう。そこに毎日たむろしていた会員たちは、英国風の紳士《ジエントルマン》というより、最後の武士であったといっても、過言ではないと思う。

虎の門の三年坂の下には、東京女学館が建っていた。やはり古風な建物で、それとはおよそ不似合いな、はでな女学生が出入りする姿は、私たちの羨望の的になっていた。学習院はきびしくて、お洒落は御法度だったからである。そこから溜池、赤坂見附へ行く途中には、葵《あおい》坂、葵橋などの地名があり、葵館という映画館もあった。ルドルフ・ヴァレンテイノとか、メリー・ピックフォードとか、私たちが熱をあげた俳優たちは、そこで見たものが多い。むろん無声映画の時代で、弁士が面白おかしく語る「活動写真」であった。

私どもはよく旅行をしたが、東京駅より新橋で乗車する方が多かったように覚えている。

祖父母は早くから大磯の別荘に住んでおり、私も結婚するまではそこにいたので、新橋のあたりはくわしかった。駅前の小路には、小料理屋がたくさん並び、新富ずし、小川軒、汐屋という天ぷら屋のほかに、江戸前の料理を食べさせる店などがあった。又しても食べる話になって恐縮だが、一流の料亭より、そういう小料理屋の方が親しみがあって、今でも私は好きである。新富ずしの親父さんは、江戸っ子を売りものにし、汐屋の天ぷら屋には、大阪人の土根性《どこんじょう》があって中々面白い人たちであったが、両方ともはやりすぎて駄目になった。ただ小川軒だけが、渋谷の並木橋に移った後、二代目が跡をついで、盛大にやっているのは頼もしいことである。

新橋から銀座通りへ入ったすぐの所に、勧工場《かんこうば》といって、今の百貨店の前身のような店があった。もっともそれは私が三、四歳の頃のことだから、明るい電灯のもとに、きらびやかな商品が並んでいた景色を、夢のように覚えているにすぎない。たしかに覚えているのは、千疋屋と、その前にふたば屋という外国雑貨の店があったことで、ふたば屋では時々面白い掘り出し物をしたが、素人の道楽だったため、早くに潰れてしまった。五、六十年も経てば、栄枯盛衰は当り前のこととはいえ、未《いま》だにつき合っているのは、千疋屋だけとは淋しいことである。

少し飛んで、日本橋の三越は、まだ畳敷きの頃から私はよく覚えている。下駄や草履ばきの人たちは、ぬいで上ったが、靴にはえび茶のビロードに、白い線の入ったカバーがあり、私はいつも下足番にそれをはかされた。門前のライオンの彫刻が、その頃から存在したかどうか、今もあるかないか、はっきりしないが、子供の時の記憶には、妙なことが残っているものだ。私自身、人みしりの強い、妙な子供で、お祭や人込みを極度に嫌ったから、百貨店のお供は迷惑であった。それより一人で本を読んだり、散歩する方を好んだのは、山歩きが好きな父親に似ていたのかも知れない。

小さい頃は家に馬車が何台かあり、馬が二頭いて、門のわきの長屋に、馭者《ぎょしゃ》と別当《べっとう》が住んでいた。私はそこで遊ぶのが好きだった。たまには馬にも乗せてくれて、赤坂見附から三宅坂まで往復したりした。自動車を買ったのは、たしか第一次大戦後のことで、馭者がそのまま運転手になり、別当はフット・マンに変ったが、私は馬と別れるのが辛かった。たしかに車は楽に坂道を登ったが、馬を飛ばして登る時のあの爽快さは味わえない。機械というものの持つ便利さと、味けなさを、はじめて私は身にしみて知ったといえるであろう。

こうして書いてみると、私の子供の頃の生活は、殆んど坂道と切り離せないことに気がつく。家から一歩出ると、そこにはいつも坂があった。「山の手の坂、下町の橋」といわれるように、山の手の住人にとって、それはけっして珍しいことではなかったが、人生もまた、坂を登り下りするようなものであることを、私が知ったのは後の話である。

＊二三四ページの「(現・千代田区)」は編集部注です。

古寺を訪ねる心——はしがきにかえて

このごろはテレビやラジオのコマーシャルで、「捨てない心を大切に」とか、「美を知る心」なんてことをいいますが、私ははじめから、「お寺を訪ねる心」なんて上等なものは、持ち合わせていなかったように思います。昔は便利な案内書なんかなくて、和辻哲郎さんの『古寺巡礼』が唯一の手がかりでした。私は十四歳から十八歳までアメリカへ留学していたので、日本のものが珍しく、懐かしかったのかも知れません。帰ってすぐのころから、地図を頼りに、人に聞いたり、道に迷ったりしながら、方々のお寺を訪ねたものです。

仏像に関する知識などまるでないので、ぼんやり眺めているだけでしたが、やはりほんとうに美しい仏さまは、ただ美しいというだけで、自然に拝みたくなりました。これは当たり前のことでしょう。景色がよかったことも忘れません。例えば法隆寺へ行くのでも、王子から歩くか、筒井から行くか、どちらにしても大変な道のりです。菜種やれんげの花が咲いている畑の中を縫って行くと、遠くの方に法隆寺の五重塔が見えて来る。筒井から行く時は、法起寺につづいて法輪寺、そして法隆寺の塔へとだんだん近づいて行く。それは何ともいえぬいい気分でした。その間に仏さまを拝むという気持ちが次第に作られて行く。お能の橋掛《はしがかり》でも、歌舞伎の花道でも、舞台に至るまでの過程が面白いのと同じことで、バスや車で乗りつけたのでは、興味は半減します。この忙しい世の中に、呑気なことをいうと思われるかも知れませんが、忙しい時代だから、よけいそういう「時間」が必要なのではないでしょうか。

というわけで、「古寺を訪ねる心」なんてまったく持ち合わせてはいなかった。今だって怪しいもんです。子供の時からのご縁で、神社仏閣を訪ねたり、宗教に関する注文が多いので、取材に行くことが多くなりましたが、「心」なんかにかかずらっていては、ろくな取材はできません。もっとも私の取材というのが、至って漠然としたもので、ぼんやり眺めて、なるべく楽しんで、いい気持ちになって帰って来るだけで、きょろきょろ観察して、何がつかめるというものではありません。一時、『何でも見てやろう』という本が出て、そういうことがはやったことがありますが、何もかも見ることは人間には不可能です。ただ向こうから近づいて来るものを、待っていて捕える。それが私の生まれつきの性分なんで、だれにでも勧められることじゃありませんが、しいて「心」というのなら、無心に、手ぶらで、相手が口を開いてくれるのを待つだけです。お寺ばかりでなく、私は何に対しても、そういう態度で接しているようです。

そんなわけで、私は極《ご》く自然にお寺へ入って行ったんです。案内書や解説書がなかったことも、今から考えると幸せだったかも知れません。何にもとらわれずに、否応なしに自分の眼で見ることができたから。日本の歴史や古典を多少知ったのも、歴史や文学の側からではなく、お寺と美術品に興味を持ったためです。逆にものの方から入って行ったといえましょう。

たしかに知識を持つのは必要なことですが、お寺の宝物殿や展覧会へ行っても、若い人たちが、先ず解説を読む。修学旅行ではリポートなんか書かせるから、そういうことになるんでしょうが、あれでは頭でっかちになってしまって、じかにものを見ることはできないし、まして、仏さまを拝む気持ちなんかにとてもなれないでしょう。アン・ノン族に荒らされるのは、私たちには迷惑ですが、何にもわからない人たちにも、何か魅かれるものがあるから行くんでしょう。要求があるから、週刊誌だって書くんです。ちっとも悪いことじゃない。それが伝統というものです。伝統というものは、いろいろに姿を変えて行くから、ちょっと見ただけではわかりませんが、実に深く根づよいものだと私は思っています。

仏教の信仰について私がはじめて書いたのは、今から十四、五年前、西国三十三ヵ所の巡礼を取材した時です。その時もあまり本を読みませんでしたが、読んでもちっとも参考にはならなかった。ただ、私のように信仰のないものが、そういうものを書いて冒瀆《ぼうとく》にならないかと、それだけが心配でした。ところが、信仰なんかなくても構わない、ひたすら歩けばよいと昔の人の本にあったので、安心して取材にとりかかったというわけです。

「西国巡礼」というのは、観音さまの信仰で、平安朝ごろから次第に形がととのって行き、徳川時代に世の中が治まって、民衆が伊勢詣でなどできるようになってから、はじめて現在のような形式に完成したのだと思います。最初のころは、三十三ヵ所の順序も不同でしたが、第一番の「那智《なち》」というのは、大体きまっていたようです。今も申しましたように、大衆の伊勢参りと並行して盛んになったのですが、熊野《くまの》は伊勢から近いので、お参りするのに都合がよかったのかも知れません。だが、それだけじゃないということが、行ってみてわかったのです。

「那智」は滝がご神体です。私ははじめて見てひどく心を打たれました。富士山と並ぶ絶景だと思ったのです。高い山の上から岩を割って落ちてくる滝の勢いと、雷のような水音は、私の心に強い衝撃を与えました。純真だった昔の人たちにとってはなおさらのことでしょう。それは美しいというより、恐ろしい風景で、自然というものの偉大さを目に物みせて教えるように感じました。

私は若い時の経験から、なるべく古い巡礼道を歩くように心がけました。途中は汽車や車で行ったのですが、車でいきなり乗りつけると、興味が半減することを知っていたからです。那智には、杉の大木がそびえる石畳の参道があって、はるか下の方から滝の音が聞こえていました。だんだん登って行くにつれ、それが次第に大きくなって、何かとてつもないものに近づいて行く感じです。そして、期待以上のものに出会ったから、よけい感動したのです。「参道」というものは、けっしていいかげんな気持ちで造られたものではないと知りました。

第一番の札所は、――そこで参拝したしるしのお札を頂くので「札所」といいますが、「青岸渡寺《せいがんとじ》」というお寺で、滝から別の峰を登った山上にあります。そこからも滝は正面に拝めますが、最初に滝を見てびっくりしてしまったものには、お寺はつけ足りのようにしか見えませんでした。この初印象は正しかったのです。那智は、太古の昔から日本人の間に行われた自然信仰の一つで、人間にとって欠くことのできない水を与える源です。ひいては水をもたらす山も木も崇拝されたことは、今も残る「神体山」や「神木」によって知ることができましょう。別の言葉でいえば、山にも木にも水にも、神さまが宿ると信じられていたのです。

そういう自然信仰が、十分に行き渡っていたところへ、六世紀のころ、仏教が入ってきた。みごとな建築や美術品をたずさえて。原始的な日本人が目を見はったのは当たり前なことです。が、いかに立派な思想や技術でも、民衆の伝統と融合しないものは滅びてしまう。詳しいことは省きますが、仏教も古くから行われた日本固有の自然信仰を取り入れることによって、発達をとげたのです。それが今も生きていることは、私たちが極く自然に、

「神仏」といっていることでもわかりましょう。どこのお寺にも、神さまが鎮守社として祀ってあるし、八幡さまのように神か仏か判然としないものもある。有名な奈良の「お水取り」などは、神仏混淆《こんこう》の最たるものだと思います。

という次第で、私は何も勉強しなかったが、向こうの方から教えてくれました。「那智」が第一番の札所となったわけは、ここで強い印象を与えておけば、後は自然についてくる。わかってくる。別に意識的にそうしたわけではないでしょうが、自然にそうなったところが面白い。伝統ってのはそうしたものです。

二番の紀三井寺《きみいでら》、三番の粉河寺《こかわでら》と歩いて行くうちに私は、これは那智の変奏曲だなということに気がつきました。環境はちがっても、どこのお寺にも、山と木と水がある。そしてお寺は必ず景色のいい場所に建っていました。観音さまが住んでいるところは、「補陀《ふだ》落浄土《らくじょうど》」といって、海の中の高い山の上にあり、美しい白い花が咲き乱れていると、説かれています。自然が美しい日本では、みなそういう所を選んで寺を造ったので、皆さんよくご存じの京都の清水寺も、山の上に建っています。だから木があって水（滝）もある。滝は今では小さくなりましたが、「清水」の名の起こりは、そこから出ているのです。

「西国巡礼」の道順がよくできていることにも感心しました。はじめのうちは、とてもくたびれたのですが、毎日歩いてる間に調子にのってくる。足の方が先に出てしまうという感じで、お腹はすく、食べものはおいしい、病気がちだった私はすっかり健康になりました。それだけでも大したご利益でしたが、大げさにいえば、日本の文化の伝統というものを、大づかみに身体で覚えたことでしょう。信仰がなくても、ただ歩けばいいと古人が教えたのはまことに正しい。信仰は未だに持っているとはいえませんが、曲がりなりにも自分の道は発見できたといえるかも知れません。何でもいい、考えてないで、まずやってみることです。やっているうちに、何か発見できる。考えることも、知識を得ることも、いくらでも後からできると思います。

五、六年前に、『十一面観音巡礼』という本を書きました。前の『西国巡礼』を少し発展させたもので、十一面観音が未だにはやっているのは何故か、という疑問を抱いたのです。仏教の知識がちっともないので、またしても歩いてみるほかなかったのですが、結果を先にいいますと、何だかちっともわからなかった。わからないなりに、非常に面白かったんです。まとめるのは専門家が、その気になればして下さるでしょう。仏教の研究なんかはじめたら、一生かかってしまうから、私はとにもかくにも実行にうつしたというわけです。

十一面観音というのは、天平時代にはじまった信仰で、仏像の傑作が多いことでも群をぬいています。この観音さまに特有なのは、頭の上に三つずつ、瞋面《しんめん》、牙出面《げしゅつめん》、菩薩面《ぼさつめん》など、違う顔を持っていることで、後ろに暴悪大笑面《ぼうあくだいしょうめん》をつけている場合もある。そして、てっぺんには仏面を頂いており、それで都合十一面になるのですが、名称にも多少の違いがあり、本体の観音さまのお顔を入れて、十一面になっている場合もあります。そんなこまかいことはさておいて、ちょっと想像力を働かせるなら、それら人間の持つ罪悪や暴力を克服して、仏さまの境地に至る意味をもっていることはわかりましょう。

観世音菩薩の「菩薩」というのは、仏になることを理想として修行している人間の意で、成道《じょうどう》以前の釈迦の姿を現しているともいいます。観音さまの特徴は、三十三身に変化《へんげ》して、衆生を救うことですが、三十三という数は、多くの数を表すだけで、実は無限に変化するといってもいい。それを三分の一に省略したのが十一面観音で、千の数で表したのが千手観音です。どちらにしても、多くの姿に変身して人間を救済するのが観音さまだといえましょう。

古い物語には、観音さまが子供に化けて、人の病を救ったとか、また美しい観音像に恋をした坊さんが、夢の中で一夜をともに過ごし、醒めてみたらその観音さまだったので、一念発起して入信したとか、そういう逸話は無数にあります。何にでも変化《へんげ》するのですから、時には荒神《あらがみ》にもなり、慈悲に満ちた優しい女性にもなる。頭に頂いた十一面は、そういうことも同時に象徴しているのです。

だからお地蔵さんや不動明王といっしょに祀ってあることも、しばしばある。もっと顕著なのは、十一面観音が在るところには、必ずといっていい程、聖天《しょうてん》さまを祀っていることで、今ではすっかりお株を奪われて、本尊の観音さまより、聖天信仰の方がずっと盛んになっているお寺が多いのです。この聖天さまというのは、歓喜天《かんぎてん》ともいって、性の喜びを象徴する印度《インド》的な神さまで、象が二匹で抱き合っている姿で表わされています。昔、印度に、ガネーシャという荒神がいて、あまり乱暴を働くので、その心を鎮めるために、十一面観音が、自分の肉体を与えて、悪を善に変えたという説話に出ており、観音の慈悲が普遍であることを語っています。

二体の象のうち、冠をかぶっている方が女で、つまり十一面観音で、象は強い精力の象徴に違いありません。そういう神さまだから、水商売の人々に信仰されていて、だからはやっているのですが、元はといえば、十一面観音が、何にでも姿を変じて、人を救済するということから出ているので、それには深い思想が秘められています。これはその一例にすぎませんけれども、十一面観音の思想は、底なしの沼みたいに深くて、とてもわからないというのが実感でした。が、無理に結論を求める必要はない、――わかったといえば、そのことだけで、つじつまを合わせるだけが人生じゃないと、歩いている間に知ったといえましょう。

天平の仏像の中では、聖林寺《しょうりんじ》の十一面観音が一番私は好きですが、仏像を見るためには、環境も大切だと思います。博物館や展覧会に並んでいるのは、研究のためにはいいかも知れませんが、私のように勝手な鑑賞をするものにとっては、物質的に見えてなりません。たしかに仏さまも、彫刻になれば一個の物質には違いありませんけれど、さんざんお寺を探し歩いて、いい景色のところに、思いがけなく桜が咲いていたりして、仏さまに出会う時は、私みたいに信仰心のないものでも、救われる思いがするものです。

例の和辻さんの『古寺巡礼』を持って、はじめて聖林寺をおとずれたのは、二十二、三歳のころだったでしょうか。道がなかなかわからなくて、夕方になってしまいました。ようやく探しあてた聖林寺の門前には、しだれ桜が夕日をあびて咲いており、遠くの方に春《はる》霞《がすみ》にかすんだ三輪山が見渡せます。ほっとして、案内を請うと、年をとった住職が出て来られた。先代か先々代の住職です。

聖林寺の本尊はお地蔵さまですが、その隣りの暗い部屋の中に、私が写真で見てあこがれていた十一面観音が、すらりと立っていらっしゃいました。すらり、といっても、腰から下は板でおおってあって見えなかったのですが、そばへよって十分に拝観することができました。後姿は、縁側から降りて、外から見ることができたのです。

その時の感動は、今思い出してもぞくぞくする程、強いものでした。老住職はその前に座って、十一面観音が聖林寺へ来られた由来を語って下さいました。――フェノロサというアメリカ人は、明治時代に、日本の仏教美術のために大変つくした人で、法隆寺の夢殿の観音さまも、秘仏であったのを、この人が開いて世間に公開したのです。そのフェノロサが、三輪神社の大御輪寺《だいごりんじ》（おおみわでらともよむ）の床下に、天平の仏像が放ってあるのを発見し、こんなことをしておいては勿体ないといって、荷車を引いて、聖林寺へ運んで来た。その荷車の後押しをしたのが、当時十二歳であった住職で、その仏像がこの観音さまだと話して下さったのです。

今、本尊は収蔵庫に入っていますが、あのみすぼらしい部屋で見た時ほどの感動を受けません。私が見馴れたせいではなく、収蔵庫には、仏さまをお守りしているという雰囲気がまるでないからです。中宮寺の弥勒菩薩《みろくぼさつ》でも、近江《おうみ》の渡岸寺《どうがんじ》の十一面観音でも、元はふつうの部屋に祀ってあって、身近に拝むことができました。火災や地震から守るために、コンクリートの収蔵庫におさめることは必要でしょうが、何かよそよそしい冷たさを感じることはいたし方がない。村の人々の信仰からも離れてしまって、物質化するのは時代のせいで止むを得ないことでしょう。が、せめて私たちだけでも、仏さまは拝むものであるという敬虔《けいけん》な気持ちを忘れずに接したいものです。もしその気にさえなれば、向こうの方から必ず語りかけるものがあるはずです。

西行法師は、伊勢神宮に詣でて、次のような歌を詠みました。お寺や仏像の場合も何ら異なるところはない、日本人が昔から持ちつづけた「神仏」に対する気持ちといっていいでしょう。


何事のおはしますかは知らねどもかたじけなさに涙こぼるる

極楽いぶかしくは

極楽いぶかしくは
宇治のみ寺を敬へ

平等院が建立《こんりゆう》された時、宇治の里人はこのように謳《うた》って、極楽浄土さながらの壮麗な美しさをたたえたという。

それは永承《えいしよう》七年（一〇五二）三月のことであった。御堂関白道長《みどうかんぱくみちなが》の子頼通《よりみち》は、宇治川のほとりにある別荘を自らの終焉の地と定め、大伽藍《だいがらん》を建立して平等院と名づけた。今、遺っている鳳凰堂《ほうおうどう》はその一部で、宇治川をへだてて七堂伽藍がそびえていたのだから、その盛観は想像を絶するものだったに違いない。それは藤原文化の頂点に咲いた、いわば最後の花であったが、度々の戦乱に衰退し、再び元の姿に復活することはなかった。が、その花の中の花ともいうべき鳳凰堂が遺ったことはせめてもの幸いであった。周囲をとりまく緑の自然の中に、ゆるやかに翼をひろげた軽快な建築が、池水に姿を映している風景に藤原の昔を偲ぶことは必ずしも不可能ではない。

平等院については実にさまざまの思い出がある。私が子供の頃は、境内も今ほど整備されてはいず、宇治川の堤からずるずるとお寺へ入って行けるようになっていた。池のほとりには雑草が生い茂り、淀んだ水のそこここにはあやめやこうほねが自生して、廃墟に近い有様だった。さすがに本尊の阿弥陀さまは、慈悲深い姿で見下ろしていられたが、それはそんなふうに思っているだけで、子供の記憶には殆んど何の印象も与えなかった。それより大きな寺の半ば荒れた風情が幼な心にもなつかしく、源三位《げんざんみ》頼政《よりまさ》が自害したと伝える「扇の芝」の跡や、みごとな藤棚の花房を眺めながら、境内を散策するのが私は好きだった。大人になってからもこの性癖は直らず、物事を丹念に研究したり、考証したりするよりも、周囲の景色や雰囲気を大づかみにとらえることの方に興味があった。平等院の場合もその例を洩れず、長年付き合っている間に、漠然とではあるが何かをつかんだように思う。

中でも印象に残っているのは、キティだったかキャサリン台風だったか、戦争が済んで間もない頃、凄まじい嵐に出会ったことがある。その日も私は友人と平等院を訪れる約束になっていた。別に何の目的があるわけではない、暇な時間があると、つい宇治へ足が向かうのがその頃の私の習慣であった。既に朝から風雨は強くなっていたが、平等院へ着いた頃には雨が下から吹きあげて来るような激しさで、傘など何の役にも立たなかった。宇治川は逆巻く波を土手に打ちつけ、池も水かさを増して、鳳凰堂の回廊まで押しよせて来ていた。

その時、一陣の風とともに、本堂の扉が開いた。誰かが開けたのか、自然に開いたのか覚えてはいない。が、かの大きな扉が、破《こわ》れそうな音を立てて開き、開いたかと思うと、また風にあおられて地ひびきを立てながら閉まる。何度もそういうことをくり返して肝を冷やした。うっかり傍によったらはねとばされただろうし、扉にはさまれて怪我をしたかも知れない。そのうち屈強の坊さんが何人も出て来て、力づくで閉めたうえ鍵をかけたが、それでもなおおさまらず、いつまでもふるえつづけていた。ふだんは気にもかけない扉が、あんなにも大きく、強力なものであったかと私ははじめて知った。

その騒ぎの中で、鳳凰堂は微動だにしなかった。瓦は飛び散っても、てっぺんの鳳凰の彫刻は雨風に抗して胸をはっていたし、仏さまはいつものように静かであった。千年の風雪に堪えるとは正にこのことに違いない。私はそこに見かけは優美な藤原文化の力強さと、底の深さを見るように思った。

こんなことを書いても信じる人はいないだろうが、当時の平等院は、それほどまでに荒廃していたのである。やがて修理が始まり、建築も境内もけばけばしい程に整備された。そのけばけばしさも数年の間に落ちつき、今、見るような姿に還っている。そうしたある日のこと、私は王朝びとの見た「極楽浄土」の有様を、ほんの一瞬ではあるが垣間見る幸運にめぐまれた。

春の彼岸の頃、鳳凰堂に朝日が当たる瞬間は、感動的な景色であると、教えてくれたのは奈良飛鳥園《あすかえん》の小川光三氏である。その頃私は芸術新潮に『道』という連載を書いており、平等院の周辺を取材していた。ちょうどお彼岸の頃だったので、その話を聞くと直ちに実行に移した。私はいつも京都に泊まっていたので、翌朝四時半に起きると、まだ暗い中をタクシーで宇治へ向かった。

平等院は、「朝日山」の山号を持つように、宇治川をへだてて朝日の出る山に東面して建っている。その日はお天気がよく、御来光を拝むには絶好の日よりであったが、宇治川に近づくにしたがい、曇って来た。お天気が悪くなったわけではなく、川霧が上昇して一時的に曇るのである。平等院へ着く頃には一面灰色の空となり、しばらく経って太陽は出たことは出たが、ぼんやりした輪郭を現したにすぎない。極楽浄土はそう簡単に姿を現すはずはなかったのである。

翌日も私は性懲りもなくまた試してみたが、同じことであった。それは川霧のせいばかりでなく、公害も手伝っているに違いない。そんなことをおよそ四、五へんもくり返したであろうか。いくら閑人《ひまじん》の私でもそのうち用ができて東京へ帰ったが、再び平等院を訪れたのはその年の秋も終わりの頃であった。

私はもうあまり期待してはいなかった。じっと我慢して待っていれば、そのうち向こうの方から現れてくるに相違ない。おまけにその日は曇っていた。また今日も駄目か。そう思っていると、あにはからんや突然朝日山の左肩から太陽が現れ、屋根の上の鳳凰がにわかに飛び立ったような気配がした。

それからは秒刻みに驚くべき変化が鳳凰堂の上に現れたが、その時の感動を、ここにくり返し書くことはできない。文章もまた一期一会のものなのだ。そこで読者には申しわけないけれども、前に書いた『平等院のあけぼの』の中からかいつまんで記しておく。

「太陽が登るにしたがって、鳳凰堂は、逆に屋根から下へ向って明けて行く。それは昼と夜が真二つになったような、奇妙な印象を与えた。……そうしている間にも、朝日は刻々と鈍色《にびいろ》の衣をはいで行き、やがて鳳凰堂はかがやくばかりの全景を現した。朝日をあびて、白い壁が桃色に染り、翼廊は羽を左右にのばして、喜びの讃歌を歌う。それは正しく『欣《ごん》求浄土《ぐじょうど》』の希望と光明にみちた景色であった」

だが、そこで終わったわけではない、日光が水面へ降りて来ると、今度は逆にお堂を下から上へ照らし始める。水面に反射する朝日は強烈で、お堂の隅々にまで浸透し、ただささえ金色《こんじき》に輝《かがや》く堂内を眩《まば》ゆいばかりに染めあげた。内陣《ないじん》はその時生きもののように蘇り、周囲の白い壁にもさざ波が立って、天人は音楽を奏でながら飛翔して行く。水鏡《みずかがみ》は本尊の微笑に不思議な動きを与え、天蓋《てんがい》の唐草《からくさ》がゆらめいて、「内陣ばかりか鳳凰堂全体が、虚空に浮んで鳴動するように見えた」のである。

おそらくそれは私にとって、一生のうちに二度と出会えぬ光景であった。「極楽いぶかしくは、宇治のみ寺を敬へ」それはほんとうのことなのだ。ほんとうのことと信じなければ、極楽も地獄も、いや、この世の真実も見えて来ないに違いない。

解説

青柳恵介（古美術評論家）

傑出した人間と面と向かうのは心労だから、その人の凄さを感じつつも横で眺めておくようなつきあいで済ましておいて、後になってからさも近しくつきあったごとく他人に、あの人は凄い人であったと吹聴するような狡《ずる》さを、断じて許さなかったのが白洲正子だった。いつも逃げずに真正面からその人間に近づいてゆく。時に、人が普通接近する際に保つ距離を超えて。

しかし、同時に白洲さんは、面と向かうだけでは人も物も見えてこないということも熟知していた。人なら時間をかけて丁寧につきあう。物なら身辺において何年も眺め、いじる。そして風景なら同じところに何遍も繰り返し足を運ぶ。意識的に、無意識的に、さまざまな局面に接して見る。見たものを書くのではない。見えてくるものを書くのだ、というのが白洲正子の流儀である。本書を読まれた方々はその消息を理解されるだろう。そうした流儀を彼女はいかにして獲得したのだろうか。

白洲正子は一九一〇年、樺山愛輔《かばやまあいすけ》・常子の次女として東京永田町に生まれた。母方の祖父川村純義《すみよし》も、樺山愛輔の父の樺山資紀《すけのり》も薩摩藩士として明治維新を経験し、明治新政府の軍人として功績を上げた人物である。樺山資紀は若き日には薩南示現流《じげんりゅう》の使い手、軍人・政治家としては山縣《やまがた》内閣、松方内閣の海軍大臣、内務大臣、文部大臣等を歴任した（本書所収の「晩年の祖父」）。

父樺山愛輔は、若き日にアメリカ、ドイツに留学し貴族院議員や枢密顧問官を務め、国際交流、文化行政に力を尽くした。ジョサイア・コンドルの設計した永田町の洋館（「坂のある風景」）の応接間の壁には、黒田清輝（樺山家の縁戚にあたる）の「湖畔」が、食堂の壁には「読書」がかかっていたという。清輝がやって来ると、父と清輝は鹿児島弁で親しげに談笑して楽しい時を過ごした。しかし、普段は正子は広い食堂で一人ぽつんと黒田の「読書」を眺めながら食事をすることが多かったという。家族で炬燵《こたつ》に入ってミカンを食べる一家団欒とか、親父のドテラ姿も知らない、恵まれてはいても、一方で同世代の少女が当然経験していて当たり前の日常の欠落している少女でもあったようだ。おそらく日本の近代化のありようを最前線で見ていた少女であった。

十四歳のとき、アメリカの全寮制の学校ハートリッジ・スクールに入学し、十八歳で卒業しさらに上級学校に進む試験にも合格していたが、昭和の金融恐慌のあおりをうけ帰国、その直後に白洲次郎と出会い、恋愛結婚。その頃、幼い日より稽古を重ねていた能楽以外のことで、自分が日本文化にいかに疎いかということを痛感し、飢餓感をもって古典文学をむさぼり読んだり、大和路を歩き回ったりした。白洲次郎の仕事は海外を舞台にしていたから、一年の半ばは外国生活であったけれども、日本にいるときは大和を彷徨していた。

一九四〇年、白洲夫妻は鶴川村能ヶ谷に広い農地と農家を購《あがな》い、家に手を入れて一九四二年に引っ越し、結局そこがついの住処《すみか》となった（「冬のおとずれ」）。戦争中のことである。次郎は農業に挑み、正子はズボンをはいて仕舞のけいこに励んだ。夜はわずかな灯火のもとで梅若家から預かった能面の数々を眺めて暮らした。父の友人の志賀直哉や柳宗悦の勧めを受け、一九四三年には『お能』（昭和刊行会）を書き下ろす。さらに細川護立《もりたつ》の家（現在の永青文庫）に通い、古美術の講義を受け、陶磁器の魅力を知る。

一九四五年、空襲で焼け出された河上徹太郎夫妻が白洲家に寄寓することになる。河上夫妻と白洲夫妻は軽井沢の別荘友達である。河上徹太郎は終日だまって虚空を眺めている。たまにピアノに向かうときも表情を変えずに無口で弾いているが、伊東に出かけるとなると急に溌剌とした顔になる。伊東には青山二郎がおり、そこに小林秀雄が来る。突如雄弁になる河上は青山二郎という人間の魅力を語り、小林秀雄の思考の様子、紡ぎ出される文章の魅力を語った。白洲正子はその友情に嫉妬を感じ、そこに分け入りたいと願った。彼女は能の世界では一つの達成を果たしていたが、文章を書くという行為においては未だ『お能』一冊を書き上げただけであった。

敗戦直後に白洲正子は文字通り、真正面から三人の中に分け入った。彼らに分け入る際に媒介となるのは骨董と酒である。三十六歳で酒を飲み始め、骨董を買いだした。場所は銀座、京橋、日本橋。欲望を捨象して骨董は存在しない。酒は人を修羅の世界に引きずり込む。敗戦直後の欲望と修羅の中に身を投じることによって、白洲正子は今までの殻を脱ぎ捨てようとしたのだと思う。何かを捨てないで、何が得られようか。腐心して手に入れた骨董も次から次に手放して、次なるものを求めた。拙《つたな》かろうが書いてみないことには人の批評は得られない。手ひどい批評を受ける連続であったようだが、己が批評の的になることによって、批評自体の真贋も判別する能力を身に付けたであろう。骨董が過去の世界のものだけなら、現代の工芸にそれをつなぐ仕事もしてみようという思いで銀座に「こうげい」という染織工芸の店も開いた。

一九六四年、五十四歳で西国巡礼の旅に出たのが一区切りなのであろう。以後、精力的に『栂尾《とがのお》高山寺　明恵上人』（一九六七年、講談社）、『かくれ里』（一九七一年、新潮社）、『近江山河抄』（一九七四年、駸々堂《しんしんどう》出版）、『十一面観音巡礼』（一九七五年、新潮社）、『日本のたくみ』（一九八一年、新潮社）、『西行』（一九八八年、新潮社）、『いまなぜ青山二郎なのか』（一九九一年、新潮社）、『白洲正子自伝』（一九九四年、新潮社）、『両性具有の美』（一九九七年、新潮社）等々の今も多くの人に読み継がれている本を陸続として発表した。『白洲正子全集』（二〇〇一～二〇〇二年、新潮社）全十四巻別巻一に収められている文章の大半は、中年期というよりも老年期に至って書かれたものである。

ところで、本書の選者の小池真理子さんは、むうちゃんこと坂本睦子のことを書いた文章を二編選んでいる（第一章「『いまなぜ青山二郎なのか』より」第二章「銀座に生き銀座に死す」）。第二章の文章は一読明らかなように、彼女の死の直後に書かれたものであり、第一章の方はそれから三十二年経って、三十二年前の自身の文章が書かれたいきさつにまで触れながら彼女を追想したものである。白洲正子、四十八歳と八十歳の文章を読み較べて、読者はどのような感想を持たれるだろうか。二つの文章の間には、大岡昇平の『花影』が横たわっている。

文体に多少の変化はあるが、白洲正子は変わっていないということ、三十二年間白洲さんの裡《うち》にむうちゃんは生き続けていたのだということに私は感動する。

私事ながら、あるとき「銀座に生き銀座に死す」の初出の一九五八年六月号の「文藝春秋」のコピーが白洲さんから送られて来たことがあった。前から探していたが見つからず、たまたま当時の編集長（田川博一さん）に出会ったのでコピーして貰った、あんまり辛い思いをしたし、さし障りもあったので今までどの本にも入れなかったものであること、むうちゃんは自分の唯一の女友達だったことが記されて、読んだら悪いが返送してくれろと付された手紙が付いていていた。

結論を言うと「銀座に生き銀座に死す」というエッセイは、白洲正子にとって辛い思いをしたが、これで自分の腰が定まったという手ごたえを感じた文章なのだと思う。むうちゃんを語ることで青山二郎を書いたという思いもあったろう。またむうちゃんの死を自分の裡《うち》にとりこまなければ嘘だという思いはもっと強かっただろう。

「無一物《むいちぶつ》」のむうちゃんは、「白洲さんて、何でも持っていらっしゃるのね」と言う。これは人生の批評の言葉である。「むうちゃんにそういわれた時、私は羞じた」と白洲正子は書く。白洲正子の愛読者は「私は羞じた」という言葉に或る切迫したリズムを感じるだろう。それは決して感情ではなく、痛みに似た肉体的な感覚である。この感覚をいかなる時に覚えるか、それがその人の感性であり、倫理でもある。その感性と倫理を白洲正子はむうちゃんとの約十年のつきあいの中で研いだという自覚の中で「銀座に生き銀座に死す」は麴町の旅館で綴られた。

一九六二年に刊行された秦秀雄の『名品訪問』（徳間書店）で、今どんなものが欲しいと思っているのかという秦秀雄の質問に対して白洲正子は「有名なものでいえば、長次郎の無一物っていうようなもの。何でもなくて、そして何もかもあるもの。平凡なものがいいね。やっぱりあきる。先にもってた志野の火入なんて、とてもいいものだけど、いま欲しいとは思わない。それで、この志野（ぐい呑みを指す）を買って、溜飲をさげたのよ。あれが手に入るまでは、毎夜のように、志野を売ったことがくやしかったの」と語っている。

白洲さんが志野のぐい呑みを手に入れた時期は、むうちゃんの死の頃のことと想像されるし、その志野のぐい呑みを眺める白洲正子の視線に、もちろん意識されることはないだろうが、むうちゃんは生きていると言ってもいいのではあるまいか。「『いまなぜ青山二郎なのか』より」の最後の数行は白洲さんにしては珍しく感傷的な文章で終わっているけれども、八十歳の老人の感傷はみずみずしい。

物を見る目も人を見る目も同じであるという思想は青山二郎伝来の思想だけれど、白洲正子はそれを繰り返しという方法をもって実践した。繰り返すことは時間と手間がかかるし、一見無駄のようにも思われる。が、繰り返すことによって、ものを見る人の目から、実は本質的な意味で無駄が省かれるのである。自意識も洗われ、余計なものが目に入ってこない。それを例えば本書の最後に置かれた「極楽いぶかしくは」は教えてくれる。

宇治の平等院に白洲正子は何度でかけたことであろうか。その時々で見えるものは異なる。その積み重ねの中で、見る対象は心の風景になってくる。それが歴史の風景だという信念を白洲正子は持っていたのだと思う。

白洲さんと旅行していると、ときどき突拍子もない提案を受けたことを思い出す。ルートの変更は毎度のこと、目的地の変更を移動中の車の中で提案されたこともある。「私は道草が好きなのだ」というのは定番の言葉であったけれど、それだけではないようであった。いまこの状況の中で、どこそこの景色を見ておきたいという欲求がわいてきて、そういう時に何か見えるものがあるだろうという予感のようなものがあったのではないだろうか。同行した人に「ほらね」と、予定を変更してここに来てよかったでしょ、とさも言わんばかりの嬉しそうな白洲さんの顔が目に浮かぶ。

また、景色を眺めながら言葉にならない音声を発することが多々あった。なにか口の中でむにゃむにゃ、ものを食べているような仕種をするのである。私には白洲さんが風景を食べているというふうに思われた。歴史は過去の事実の羅列ではなく、個人の心の中に再現するものであるという小林秀雄の思想を、白洲正子は自分の心の風景を描くことによって生かしていると言いたい。ちょうど室町時代の世阿弥の能に平安時代の業平が生きているように。

略年譜　白洲正子

一九一〇年（明治四十三年）
一月七日、東京市麴町区（現・千代田区）永田町に父・樺山愛輔、母・常子の次女として生まれる。父は貴族院議員や枢密顧問官を務め、戦後は豊富な滞米体験を生かして日米協会、国際文化会館の設立などにつとめた。母は佐佐木信綱に師事した歌人。祖父・樺山資紀伯爵は海軍大臣、台湾総督、枢密顧問官などを務めた。
一九一六年（大正五年）　六歳
四月、学習院女子部初等科に入学する。梅若流（現・観世流梅若派）梅若六郎（後の二世・梅若實）に能を習いはじめる。
一九二四年（大正十三年）　十四歳
三月、学習院女子部初等科を修了し、九月に渡米、ニュージャージー州の全寮制の女学校、ハートリッジ・スクールに入学。『枕草子』など古典に親しむ。
一九二七年（昭和二年）　十七歳
四月、父が関係する十五銀行が金融恐慌の煽りをうけ倒産。永田町の邸宅を売り、大磯の別邸に移る。米国での大学進学をあきらめる。
一九二八年（昭和三年）　十八歳
ハートリッジ・スクールを卒業して帰国。能の稽古を再開する。白洲次郎と知り合う。次郎はケンブリッジ大学を卒業後この年までイギリスにいた。終戦後、貿易庁長官やサンフランシスコ講和会議全権団顧問、東北電力の会長などを務め、政財界で活躍した。
一九二九年（昭和四年）　十九歳
十一月、白洲次郎と結婚。十二月、母死去。
一九三一年（昭和六年）　二十一歳
二月、長男・春正生まれる。二十代の頃は、次郎の仕事の関係で、頻繁に渡欧する。
一九三六年（昭和十一年）　二十六歳
ドイツ滞在中に子宮外妊娠で卵管破裂、腸捻転も起こして入院。

一九三八年（昭和十三年）　二十八歳
一月、次男・兼正生まれる。
一九四〇年（昭和十五年）　三十歳
二月、母の遺稿歌集に「母の憶い出」を書く。六月、長女・桂子生まれる。
一九四一年（昭和十六年）　三十一歳
十二月、日米開戦。戦中のことを日記「FIVE YEAR DIARY 1941 to 1945」に綴る。
一九四二年（昭和十七年）　三十二歳
鶴川村能ヶ谷（現・町田市能ヶ谷）の茅葺き屋根の農家に移り住む。この頃から細川護立に古美術全般について教わるようになり、骨董屋をめぐる。
一九四三年（昭和十八年）　三十三歳
十一月、『お能』（昭和刊行会）刊行。
一九四五年（昭和二十年）　三十五歳
五月、河上徹太郎夫妻が鶴川の白洲家に疎開し、以後二年間寄寓する。文士仲間の話を聞く。
一九四六年（昭和二十一年）　三十六歳
小林秀雄、青山二郎との親交はじまる。
一九五一年（昭和二十六年）　四十一歳
四月、『梅若實聞書』（能楽書林）刊行。
一九五三年（昭和二十八年）　四十三歳
十月、父死去。この頃から能面を求めて各地を旅するようになり、のちに紀行文を書くきっかけとなる。
十二月、青山二郎に「第三の性」の原稿を大幅に削られて衝撃を受ける。
一九五五年（昭和三十年）　四十五歳
銀座の染織工芸店「こうげい」の開店に協力する。
一九五六年（昭和三十一年）　四十六歳
「こうげい」の直接経営者となり、以降、古澤万千子ら多くの工芸作家を発掘する。
一九五七年（昭和三十二年）　四十七歳
六月、『お能の見かた』（東京創元社）刊行。十一月、『韋駄天夫人』（ダヴィッド社）刊行。

一九六〇年（昭和三十五年）　五十歳
能の免許皆伝を授かるものの、女性に能は出来ないと悟る。
一九六三年（昭和三十八年）　五十三歳
三月、『心に残る人々』（講談社）刊行。八月、『能面』（求龍堂）刊行。
一九六四年（昭和三十九年）　五十四歳
『能面』により第十五回読売文学賞（研究・翻訳部門）受賞。十月、東京オリンピック開催中に、西国三十三ヵ所観音巡礼の旅に出る。
一九六五年（昭和四十年）　五十五歳
三月、『巡礼の旅——西国三十三ヵ所』（淡交新社）刊行。
一九六七年（昭和四十二年）　五十七歳
十一月、『栂尾高山寺　明恵上人』（講談社）刊行。
一九七一年（昭和四十六年）　六十一歳
十二月、『かくれ里』（新潮社）刊行。同作により、七二年度の第二十四回読売文学賞（随筆・紀行部門）を受賞。
一九八四年（昭和五十九年）　七十四歳
九月、『白洲正子著作集』（青土社）刊行開始（全七巻／八五年三月完結）。
一九八五年（昭和六十年）　七十五歳
十一月、次郎死去。遺言は「葬式無用　戒名不用」。
一九八八年（昭和六十三年）　七十八歳
十月、『西行』（新潮社）刊行。
一九九七年（平成九年）　八十七歳
三月、『両性具有の美』（新潮社）刊行。
一九九八年（平成十年）　八十八歳
十二月二十六日、肺炎にて死去。

＊藤井邦彦氏編、森孝一氏編、その他多数の年譜を参考にさせていただきました。

本書の底本として左記の全集、文庫を使用しました（一部底本以外の文庫も記載しております）。ただし適宜ルビをふり、明らかな誤記では訂正した箇所もあります。なお、本書には今日の社会的規範に照らせば差別的表現ととられかねない箇所がありますが、作品の書かれた時代また著者が故人であることに鑑み、原文のままとしました。

一つの存在（新潮社『白洲正子全集　第一巻』二〇〇一年五月刊）
ある日の梅原さん（『白洲正子全集　第八巻』二〇〇二年二月刊）
『いまなぜ青山二郎なのか』より（『白洲正子全集　第十二巻』二〇〇二年六月刊／新潮文庫『いまなぜ青山二郎なのか』一九九九年三月刊）
小林秀雄（『白洲正子全集　第三巻』二〇〇一年九月刊）
正宗白鳥（『白洲正子全集　第三巻』）
青山二郎（『白洲正子全集　第五巻』二〇〇一年十一月刊／新潮文庫『ものを創る』二〇一三年十一月刊）
銀座に生き銀座に死す（『白洲正子全集　第二巻』二〇〇一年七月刊）
冬のおとずれ（『白洲正子全集　第四巻』二〇〇一年十月刊）
老木の花（『白洲正子全集　第十巻』二〇〇二年四月刊）
浮気について（『白洲正子全集　第二巻』）
幸福について（新潮文庫『金平糖の味』二〇一〇年十一月刊）
晩年の祖父（『金平糖の味』）

私の墓巡礼（新潮文庫『夕顔』一九九七年三月刊）
死（『夕顔』）
ツキヨミの思想（『夕顔』）
お能の見かた（『白洲正子全集　第一巻』）
能面の表情（『白洲正子全集　第四巻』）
お能を知ること（『白洲正子全集　第一巻』／講談社文芸文庫『お能・老木の花』一九九三年四月刊）
舞う心（『白洲正子全集　第一巻』／『お能・老木の花』）
お能の幽玄（『白洲正子全集　第一巻』／『お能・老木の花』）
面について（『白洲正子全集　第一巻』／『お能・老木の花』）
信玄のひょうたん（『白洲正子全集　第三巻』）
明恵上人のこと（『白洲正子全集　第四巻』）
無言の言葉（『白洲正子全集　第四巻』）
西行のゆくえ（『白洲正子全集　第九巻』二〇〇二年三月刊）
坂のある風景（『白洲正子全集　第十巻』）
古寺を訪ねる心——はしがきにかえて（『白洲正子全集　第九巻』）
極楽いぶかしくは（新潮文庫『名人は危うきに遊ぶ』一九九九年六月刊）

本書の無断複写は著作権法上での例外を除き禁じられています。
また、私的使用以外のいかなる電子的複製行為も一切認められておりません。

文春文庫

精選女性随筆集《せいせんじょせいずいひつしゅう》　白洲正子《しらすまさこ》

定価はカバーに表示してあります

2024年5月10日　第1刷

著　者　白洲正子《しらすまさこ》
編　者　小池真理子《こいけまりこ》
発行者　大沼貴之
発行所　株式会社 文藝春秋

東京都千代田区紀尾井町3-23　〒102-8008
TEL　03・3265・1211(代)
文藝春秋ホームページ　http://www.bunshun.co.jp

落丁、乱丁本は、お手数ですが小社製作部宛お送り下さい。送料小社負担でお取替致します。

印刷製本・TOPPAN

Printed in Japan
ISBN978-4-16-792224-5